Knaur

D1923524

Von Gernot Gricksch sind außerdem erschienen:
Kaiserschmarrn und Koitus
Das kleine Lexikon des Wissens, das die Welt nicht will

Über den Autor:

Gernot Gricksch, Jahrgang 1964, arbeitet als freier Journalist, Filmkritiker und Autor in Hamburg. Seine Texte kann man u.a. in *Cinema*, *TV Today*, *Max*, *Allegra*, *Welt am Sonntag* und *Tomorrow* lesen. Dies ist sein erster Roman.

GERNOT GRICKSCH

Die HERREN HANSEN erobern die Welt

Knaur

Besuchen Sie uns im Internet:
www.droemer-knaur.de

Originalausgabe Dezember 1999
Copyright © 1999 bei Droemersche Verlagsanstalt Th. Knaur
Nachf., München
Alle Rechte vorbehalten. Das Werk darf – auch teilweise –
nur mit Genehmigung des Verlages wiedergegeben werden.
Umschlaggestaltung: Agentur Zero, München
Umschlagabbildung: Tony Stone, München/Roy Gumpel
Umbruch: Ventura Publisher im Verlag
Druck und Bindung: Ebner, Ulm
Printed in Germany
ISBN 3-426-61467-7

4 5 3

Für meine Eltern –
zwei großartige Menschen.

»Männer –
nur auf der Autobahn
weichen sie nicht aus«

Klograffiti in einer Hamburger Kneipe

1.

Als meine Exfrau mir heute am Telefon erzählte, sie habe unseren Sohn Paul beim Klavierunterricht angemeldet, habe ich erst einmal herzhaft gelacht. Nicht, daß ich es an sich komisch finde, wenn man der Frucht seiner Lenden eine musikalische Ausbildung zukommen lassen möchte – aber Paul ist gerade mal zweieinhalb Jahre alt, und die größte Herausforderung, die mein Kind in einem Klavier entdecken könnte, bestünde zweifelsohne darin, mit seinem Spielzeugschraubenzieher eine Taste nach der anderen aus der Verankerung zu hebeln.

Miriam, so heißt meine Ex, konnte allerdings nicht mitlachen. Der Klavierlehrer ihrer Wahl, erklärte sie mir, sei ein Meister seines Fachs und daher entsprechend begehrt. Wer seine kostbare Zeit beanspruchen wolle, müsse den Unterricht daher mindestens drei Jahre im voraus buchen.

»Du hast keine Visionen für unser Kind«, fuhr Miriam mich an. »Dir würde es überhaupt nichts ausmachen, wenn er Buchhalter wird oder sogar Klempner!« Dann

legte sie auf – allerdings nicht, ohne mich vorher noch darauf hinzuweisen, daß ich 300 Mark als Reservierungsbestätigung an den Tastenvirtuosen überweisen müsse.
»Du solltest dir das wirklich nicht bieten lassen«, pflegt meine Schwester Anita zu sagen, wenn ich ihr von Vorkommnissen wie diesem erzähle. Und ich weiß, daß sie eigentlich recht hat. Aber was Anita einfach nicht verstehen kann, ist, daß die Frau, die mir mein Kind geschenkt hat, bei mir etwas guthat.
Wenn Anita also sagt, ich solle »dieses Miststück« mitsamt ihren Zicken auf den Mond schießen – was für Miriam eine doppelte Strafe wäre, da sie unter extremer Höhenangst leidet und außerdem auf einem fremden Planeten niemanden hätte, dem sie auf die Nerven gehen könnte – dann denke ich immer nur an die zwölf Stunden im Kreißsaal.
Miriam war eine Erstliga-Gebärende. Soll heißen: Sie hat nicht einfach dagelegen, aufgepumpt wie ein detonationsbereiter Basketball, starr vor Entsetzen ob der Dinge, die da kommen sollten. Nein, Miriam fand zwischen zwei Preßwehen noch Zeit, Juniors Herzwerte am Monitor zu checken und mich darüber zu informieren, daß ich, wenn es denn unbedingt sein müßte, noch schnell pinkeln gehen sollte, da alle Anzeichen darauf hindeuteten, daß der ganz große Zirkus unmittelbar bevorstünde.

Nun sind Männer ja dafür bekannt, daß sie bemerkenswert weitflächige Teile des weiblichen Körpers einzig in »da unten« und »da drin« aufteilen. Aber selbst wenn ich bei den pflichtschuldigst besuchten Geburtsvorbereitungskursen besser aufgepaßt hätte, statt mich in krude Gedankengänge darüber zu verlieren, wie die Kursteilnehmer Mark und Elisabeth wohl je in der Lage sein sollten, ein Kind großzuziehen, wo sie doch selbst nur über die mentalen und sozialen Fähigkeiten eines minderbemittelten Pavianpärchens verfügen, selbst wenn ich also genau gewußt hätte, welche Konsistenz der Muttermund hat und ob ein Baby sich seinen Weg in die wirkliche Welt robbend, flutschend oder zuckend bahnt – nichts hätte mich wirklich auf das Wunder der Geburt vorbereiten können. Das größte Wunder, davon bin ich fest überzeugt, besteht nämlich darin, daß nicht stets zwei Hebammen anwesend sind: eine, die das neue Leben in Empfang nimmt, und eine, die den kollabierten Vater vom Linoleumfußboden kratzt.
Stellen Sie sich einen Mann vor, der hilflos durch ein Krankenhauszimmer zappelt, in der das Geschrei seiner (damals noch geliebten) Frau gerade derartige Phonwerte erreicht, daß Motörhead wie eine Kuschelrock-Combo wirkt. Und stellen Sie sich das Gesicht dieses Mannes vor, wenn die Hebamme ihm mit einem freundlichen Lächeln mitteilt, daß jetzt

die Austreibungsphase beginne. Die *Austreibungsphase!* Mein Gott, wir brauchen einen Exorzisten! Jeden Moment rechnete ich damit, daß Max von Sydow mit Weihwasser und Kruzifix bewaffnet den Kreißsaal betreten würde, während Miriam literweise Erbensuppe erbricht, Sauereien pöbelt und mit verzerrter Grimasse Gott lästert.

Kein Mann – jedenfalls keiner, mit dem ich in näherem Kontakt stehen möchte – kann eine Frau verfluchen, die so etwas durchmachen mußte und dann, nach getaner Geburtsarbeit, das Baby auf der Brust, ganz milde lächelt und sagt: »Scheiße. Er hat deine Gummelnase geerbt.«

So ist das also mit Miriam und mir: Ich liebe sie nicht mehr und sie mich schon gar nicht. Aber ich zolle ihr jenen Respekt, der allen Menschen zustehen sollte, die mutigen Schrittes durch den Vorhof der Hölle marschiert sind. Zumal sie am Ende dieser Hölle meinen Sohn Paul in Empfang nahm – ein süßes, kleines Kerlchen, das gerade in diesem Moment eine offene Tetrapackung Apfelsaft auf meinen hellen Berberteppich schleudert …

Entschuldigen Sie mich bitte einen Augenblick.

2.

Ich heiße übrigens Sebastian. Sebastian Hansen, wenn man auf Nachnamen wert legt. Ich bin 34 Jahre alt, selbständiger Werbetexter, gelegentlicher Feinschmecker, Anhänger irischen Folkrocks, Kinofreak, leidenschaftlicher Videogame-Spieler, Kunstbanause, Sportmuffel und Verfechter der Theorie, daß neunzig Prozent aller Menschen an sich gut sind und die restlichen zehn Prozent die Welt regieren. Hauptberuflich aber bin ich alleinerziehender Vater: Ich bin eine echte Koryphäe in Sachen Feuchttücher, Reformhaus-Gummibärchen und Duplo-Plastikbausteine. Aber fragen Sie mich bloß nicht, wie ich das neue Stück von Franz Xaver Kroetz finde. Ich habe zu Hause schon Theater genug.

Miriam, Pauls Mutter, lebt achtzehn U-Bahn-Stationen entfernt. Sie hat wieder geheiratet und heißt jetzt mit Nachnamen Frühstück. Kein Witz! Der Mann, in den sie sich vor gut einem Jahr verliebt hat, heißt Matthias Frühstück, ist Immobilienmakler, sieht blendend aus, hat ein riesiges Haus im Hamburger Nobelviertel

Volksdorf, in dessen Keller man problemlos ein halbes Dutzend Nuklearraketen verstecken könnte, und fährt einen BMW. Miriam hat sich also in nahezu jedem Punkt verbessert – außer beim Nachnamen. Und das erfüllt mich zugegebenermaßen mit tiefer Befriedigung. Ich meine, jeder, der Miriam kennenlernt, denkt jetzt: »Wow! Die Klunker an ihrem Hals sind ganz sicher kein Modeschmuck, und schau dir mal ihren scharfen Typ in der Luxuskarosse an – aber *Frühstück* möchte ich wirklich nicht heißen!« Da war Hansen eindeutig besser.

Paul lebt bei mir. Frau Frühstück und ich teilen uns zwar das Sorgerecht, aber der feste Wohnsitz unserer kleinen Coproduktion befindet sich in meiner Wohnung. Was ziemlich beeindruckend ist, wenn man bedenkt, daß Miriam für diese Entscheidung zwar keine der angeblich naturgegebenen Mutterinstinkte (die sie, soweit ich das sagen kann, nicht hat), dafür aber ein besonders stark ausgeprägtes und nicht nur in Hinblick auf unser Kind tief verwurzeltes Besitzdenken bekämpfen mußte. Allerdings sollte ich dazu noch anmerken, daß sie das Kind eigentlich auch nie wollte. Paul ist ein GG-Produkt – das Ergebnis eines geplatzten Gummis. Und es war einer der ganz seltenen Fälle in unserer fünfjährigen Beziehung, bei denen ich mich gegen Miriam durchsetzen konnte, als sie einen Abtreibungster-

min mit der Klinik vereinbaren wollte und ich mich mit dem Telefon in der Gästetoilette einschließen mußte. Ich habe es da drinnen ziemlich lange ausgehalten.
Am Ende redeten wir uns irgendwie ein, daß ein Kind unsere Ehe womöglich retten könnte. Dämlich, was? Ich meine, wir sind uns damals selbst dann schon auf die Nerven gegangen, wenn wir uns mal wieder nicht einigen konnten, ob man Spaghetti auf tiefen oder flachen Tellern serviert – wie konnten wir da ernsthaft annehmen, unsere Beziehung würde sich entspannen, wenn wir uns zu alledem noch ein kleines, schreiendes, spuckendes Etwas ins Haus holen?
Miriam ist nicht gerade eine überzeugende Mutter, und das sage ich wirklich nicht nur, weil ich ein frustrierter, gehörnter, in seinem Selbstbewußtsein bis ins Mark getroffener Exehemann bin. Ich meine einfach, daß man sich in ein Kind hineinversetzen können muß, wenn man es großziehen will. Aber dazu muß man selbst einmal ein Kind gewesen sein – und Miriam ist schon als ausgewachsene Klugscheißerin und humorloses, berechnendes Biest zur Welt gekommen.
Sagen wir's so: Ich bilde mir durchaus ein, zu den phantasiebegabten Menschen zu gehören; ich kann mir zum Beispiel problemlos vorstellen, wie der Papst auf Inlineskates in eine Schwulenpinte rollt, und meinetwegen auch, wie ein Meerschweinchen an der Mailänder Scala mit einer Arie aus Don Giovanni Triumphe

feiert. Aber Miriam als knuddeliges, kleines Kind? Tut mir leid, das kriege ich beim besten Willen nicht gebacken.

Daß unsere Ehe nicht funktionierte, war also eigentlich logisch. Man sagt zwar, daß sich Gegensätze anziehen, und bis zu einem gewissen Punkt ist das vermutlich sogar richtig. Aber ebensowenig wie man in einem Zoo die geschmeidigen, scharfzähnigen Tiger mit den arglosen Hoppelhäschen in einen Käfig sperrt, sollte man eine Frau, die von sinistrer Raffinesse durchdrungen ist und nur unter Androhung von Waffengewalt lachen würde, mit einem Mann zusammenleben lassen, der mit simuliertem Bauchschmerz Cocktailparties schwänzt und, sobald die Gattin die Wohnung verlassen hat, glückselig sein *Super Mario*-Spiel anschmeißt.

Sie fragen sich jetzt vermutlich, warum ich Miriam überhaupt geheiratet habe. Die Antwort ist ebenso einfach wie wirklich peinlich: Miriam ist bildschön, gnadenlos gut im Bett und kann sehr lebensecht so etwas wie Charme simulieren. Männer geben sich damit erstaunlich lange zufrieden. Wir können einfach nichts gegen unsere Triebe tun: Wenn wir nicht mögen, was wir hören, konzentrieren wir uns eben auf das, was wir sehen. Stellen Sie sich die humorvollste, intelligenteste, einfühlsamste Frau der Welt in einem unattraktiven Körper vor – wir Vollidioten bemerken sie frühestens, wenn wir bei all den scharfen, dummen Hühnern drumherum abgeblitzt sind.

Ja, mir ist das auch peinlich.

3.

In letzter Zeit fragt mich meine Schwester Anita immer öfter, ob ich denn nicht auch fände, daß Paul eine neue Mutter braucht. Nicht so eine Teilzeit-Xanthippe wie Miriam, die gelegentlich auftaucht wie ein Geier im Sturzflug, sich das kleine Würmchen schnappt, es ein paar Stunden lang ganz furchtbar nervös macht und den verdatterten Knirps dann eiligst wieder abliefert, weil sie noch auf die Vernissage irgendeines Avantgarde-Künstlers aus Usbekistan muß. Nein, Anita meint eine Zweitbesetzung, die den ehemaligen Star locker an die Wand spielt: eine Frau, die bei uns einzieht und Paulchen ein steter Fels in der Brandung des Lebens ist. Das wäre es, was Paul braucht, sagt Anita.

Wenn ich ganz ehrlich bin: Nein, finde ich nicht. Mein Sohn und ich sind ein ziemlich gut eingespieltes Team, und ich habe wirklich nicht den Eindruck, daß Paul irgend etwas fehlt. Anita fragt dagegen nie, ob nicht womöglich *mir* etwas fehlt. Und wenn ich noch mal ganz ehrlich sein darf: Ja, tut es!
Ich meine, wenn man den ganzen Tag mit ebenso kin-

dischen wie unerotischen Sachen wie Werbetexten, Brio-Eisenbahnen und den lustigen Taschenbuch-Abenteuern von Bobo Siebenschläfer beschäftigt ist, sehnt man sich irgendwann dann doch nach Unterhaltung für Erwachsene, wenn Sie verstehen, was ich meine. Es ist einfach unfair, daß selbst Miriam, die eigentlich nicht mehr Wärme braucht als ein Nogger, regelmäßig Frühstück im Bett hat und ich unter meiner Decke höchstens mal Pauls Stoffteddy vorfinde.

Nun bin ich bedauerlicherweise kein Mann für eine Nacht (womit mein hormonelles Problem ja schnell gelöst wäre), sondern von etwas komplexerer Wesensart. *Kompliziert*, sagt Anita. *Bescheuert*, findet Frau Frühstück. Dabei bin ich einfach nur ein furchtbar harmonieduseliges Kerlchen, für den eine ganze wild durchvögelte Nacht völlig umsonst ist, wenn die dazugehörige Frau mich am nächsten Morgen nicht anlächelt. Das ist um so komplizierter, da ja das erste geschlechtliche Zusammentreffen zweier Individuen üblicherweise nicht der ganz große Knaller ist. Schließlich weiß man ja nie, was der andere am liebsten mag; womöglich ginge ich die ganze Sache besonders zart und langsam an, während die Dame meiner Wahl sich nur mühsam ein Gähnen verkneifen und wehmütig an die Handschellen und die Lederpeitsche denken würde, die sie zu Hause im Wandschrank hängen hat.

Als Kinofan würde ich es mal so formulieren: Der erste

Sex sollte nach meinem Geschmack kein Kurzfilm sein, sondern ein Vorfilm. Ob der Hauptfilm dann eine nette Freundschaft, eine leidenschaftliche, hingebungsvolle Liebe bis ans Lebensende oder eben nur ein gelegentliches, entspanntes Herumgebumse ohne jedwede Verpflichtung wird, klärt sich dann schon. Und wenn es tatsächlich ein unüberwindbares Kompatibilitätsproblem gibt und am Ende dieser Nacht ein Abschied für immer steht, dann sollte doch bitte schön ich derjenige sein, der das entscheidet. Ehrlich: Ich würde das ganz diplomatisch und freundlich formulieren – schließlich weiß ich, wie es ist, wenn jemand einem auf dem Selbstbewußtsein herumtrampelt.

Eine Frau, die jetzt in mein Leben tritt, hätte einen verdammt schweren Job. Ich schleppe schließlich nicht nur meine Frau-Frühstück-Neurose mit mir herum, sondern habe auch noch dezidierte Vorstellungen über den eventuellen Lauf der Dinge, bin eine ausgesprochene Mimose und außerdem enorm verwöhnt. Von Paul nämlich.

Mit der bedingungslosen Zuneigung, die ein Kind verteilt, können Erwachsene nur schwer konkurrieren. Neulich hat Paul mir zum Beispiel das letzte Stück seiner Kinderschokolade geschenkt. Das letzte! Falls Sie keine Kinder haben, erkläre ich Ihnen, was das bedeutet: Es ist der glühendste, leidenschaftlichste Beweis einer selbstlosen Liebe, den ein Mensch einem anderen überhaupt nur entgegenbringen kann! Da kann eine ganz normale Frau in der Regel leider nicht mithalten, ob mir das nun paßt oder nicht.

4.

Schon seit einer Viertelstunde stehe ich vor dem Spiegel und versuche meine Frisur in den Griff zu kriegen. Meine Haare weisen heute mal wieder eine frappante Ähnlichkeit mit der ehemaligen Sowjetunion auf: Überall spalten sich Teile ab, streben in verschiedene Richtungen und machen dort, was sie wollen.
Normalerweise ist mir das Tohuwabohu auf meinem Kopf egal. Wenn ich tatsächlich mal einen Termin außer Haus habe, konzentriere ich mich nur auf die wesentlichen Aspekte meiner äußeren Erscheinung: Ich rubble die Fruchtzwergflecken von meiner Jeans und rasiere mich. Manchmal. Wenn man als »Kreativer« in der Werbung arbeitet, bekommt man nämlich so eine Art Freibrief in Sachen Unästhetik: Man gilt (aus mir unerklärlichen) Gründen als Beinahekünstler und darf deshalb auch beinahe aussehen wie ein Penner. Mir soll's recht sein.

Heute habe ich allerdings einen Außentermin in eigener Sache, und einen wichtigen noch dazu: Ich bin verabredet.

Mit einer Frau!
Sie heißt Andrea und arbeitet als *Assistant Art Consultant* für eine Agentur, die mich gelegentlich beschäftigt. Fragen Sie mich jetzt bitte nicht, was ein *Assistant Art Consultant* ist; in der Werbebranche hat jeder eine dieser kruden Berufsbezeichnungen und ist irgendein *Vice*, ein *Director* oder ein *Consultant*. Hört sich alles wahnsinnig schick an, muß aber nicht wirklich etwas zu sagen haben: Büroboten heißen, glaube ich, *Delivery Executives*.
Andrea ist, soweit ich das beurteilen kann, Graphikerin: Sie sitzt vor einem Computer und fummelt an Bildern herum, was an sich ja nicht unbedingt falsch, aber auch nicht wirklich weltbewegend wäre. Aber: Andrea ist auch eine ausgesprochen attraktive Frau, ein kleiner, energiegeladener Feger mit einer leichten, überaus aparten Tendenz zum Pummeligen und wunderschönen großen braunen Augen, die einen hinreißenden Kontrast zu ihrem strohblonden Haar bilden. Andrea lacht viel – aber, was ich besonders liebenswert finde, niemals über ihre eigenen und dabei meistens doch wirklich witzigen Bemerkungen. Anita, die Andrea nicht kennt, würde sagen, sie ist patent. Das heißt, man traut ihr auf den ersten Blick zu, daß sie neben all den Durchschnittsdingen, zu denen Frauen so fähig sind, auch Regale andübeln und eine perfekt abgeschmeckte Teriyaki-Sauce zusammenrühren kann und im Gegen-

satz zu mir wohl auch weiß, welchen Wasserhahn man im Falle eines Rohrbruchs als erstes zudrehen muß.

Ich habe eine ganze Weile mit mir kämpfen müssen, bis ich Andrea endlich fragte, ob sie mit mir essen geht. Nicht, daß ich schüchtern wäre, aber momentan würde jeder Korb, den ich kassiere, so schwer auf mir lasten wie ein Frachtcontainer. Es gab allerdings schon deutliche Anzeichen dafür, daß ich nicht abblitzen würde – sie hat mich in den letzten Wochen mächtig angeflirtet.

Normalerweise bin ich der letzte, der es bemerkt, wenn eine Frau an mir Interesse hat. Ich nehme alle netten Gesten gemeinhin als rein asexuelle, zwischenmenschliche Aufmerksamkeiten. Deshalb habe ich auch den Witz bei *Harry und Sally* nie so richtig verstanden. Stellen Sie mich an die Wand, und spucken Sie mich tot: Ich glaube wirklich, daß Männer und Frauen Freunde sein können, ohne jemals Hand an den Intimbereich des anderen zu legen!

Bei Andrea waren die Anzeichen aber nun wirklich ziemlich offensichtlich, selbst für einen Döskopp wie mich. Ich meine, wie viele rein geschäftsmäßige Graphikerinnen tätscheln einem schließlich die Hand, wenn man Dias aussucht, oder massieren einem den Nacken, wenn man übermüdet am Schreibtisch sitzt? Die ganze Agentur dachte scheinbar eh schon, daß wir

zusammen sind – und ich Schussel überlegte noch, ob sie mich überhaupt mag …
Ich jedenfalls mag sie. Nein, eigentlich mehr als das: Nach reiflicher Überlegung habe ich beschlossen, daß Andrea ein potentieller Deckel ist – und Deckel sind selten und müssen mit besonderer Sorgfalt behandelt werden.

»Deckel?« fragen Sie sich jetzt vermutlich und ziehen es ernsthaft in Erwägung, mich ab sofort nicht nur für einen tapsigen Jammerlappen, sondern auch für einen ausgemachten Spinner zu halten. Deshalb erkläre ich es Ihnen: Liselotte Pulver, Deutschlands Antwort auf Doris Day, sang dereinst in *Kohlhiesls Töchter* das schöne Lied »Jedes Töpfchen findet sein Deckelchen«. Und bis heute bin ich der festen Überzeugung, daß dieser Song eine der tiefgründigsten und wertvollsten Analysen des gemischtgeschlechtlichen Miteinanders darstellt.
Ich bin mir ganz sicher, daß es irgendwo da draußen für jeden jemanden gibt, sogar für Leute, bei denen man denkt, selbst wenn sie tot unter der Erde lägen, würden die Würmer noch einen großen Bogen um sie machen. Selbst Kassenwarte von Kleingartenvereinen, ehrenamtliche FDP-Wahlkampfhelfer und Leute, die jedes Jahr dasselbe Appartement in El Arenal mieten, haben eine reelle Chance, nicht allein durchs Leben gehen zu

müssen. Auch Dieter Bohlen hatte, zumindest zeitweise, seine Verona (von Naddel ganz zu schweigen) – selbst für die verbeultesten Kübel gibt es also einen adäquaten Aufsatz.

Bei Miriam hatte ich damals offenkundig versucht, mir einen chromglänzenden Schnellkochtopfdeckel überzustülpen, aus dessen Überdruckventil ständig beträchtliche Mengen an heißer Luft entwichen. Und das, obwohl ich mich selbst doch eher als einen soliden, handelsüblichen Schmortopf betrachte, der mit allerlei Artgenossen auf den Grabbeltischen der Karstadt-Haushaltswochen herumliegt und trotz (oder gerade wegen) seiner eher durchschnittlichen Bauart gut funktioniert und schön warm hält. Andrea könnte gut zu diesem zutiefst unexzentrischen, durchaus aber als Geheimtip zu handelnden Modell passen: Sie lebt und lacht offensichtlich gern, und ganz sicher muß man nicht erst acht Schichten schimmernde Veredelung abkratzen, um herauszufinden, aus welchem Material sie tatsächlich besteht.

An Paul denke ich natürlich auch: Andrea scheint mir im Gegensatz zu Madame Frühstück nicht der Typ Frau zu sein, bei dem Spielzeug pädagogisch wertvoll und zu alledem von einem weltweit anerkannten Designer sein muß. Und ganz sicher würde sie nicht tagelang mit diesen meist arschhäßlichen, dafür aber höchstpreisigen und trotzdem vollkommen witzlosen

Gimmicks hinter Paul her rennen, wenn der sich viel lieber mit einem Teelöffel auf den Kopf schlägt und dabei hochvergnügt »Paul ist eine Trommel!« schreit. Auch wenn die arme Andrea momentan wohl einfach denkt, ich sei bloß auf einen netten Abend und vielleicht auch eine nette Nacht aus, erlaube ich meiner Phantasie durchaus ein paar Ausflüge in die nahe und auch ferne Zukunft. Topf und Deckel und so. Um's kurz zu machen: Ich schätze, es könnte Spaß machen, langfristig etwas mit Andrea auszukochen.

5.

»Ich fühle mich sauwohl«, sagt Andrea, greift über den Tisch, schnappt sich meine Hand und schwingt den Mund zu einem hinreißenden Lächeln.
Ich grinse zurück.
Dieser Abend ist *definitiv* ein Volltreffer!
»Ich hab' mich echt gefreut, als du mich gefragt hast, ob wir mal ausgehen wollen. Ehrlich gesagt«, ihre Stimme wird ein bißchen leiser, und ihre braunen Scheinwerferaugen funkeln, »fand ich dich schon süß, als ich dich das erstemal gesehen habe.«
Ich räuspere mich und spitze den Mund. »Dann ... äh ... dann darfst du mich jetzt auch gerne küssen.«
Andrea lacht – und unsere Münder treffen sich über dem Tisch. Zaghaft und verspielt, aber, *hey*, sehr angenehm.
Als sich unsere Lippen nach ein paar Sekunden, die mir wie eine wunderbare Ewigkeit vorkommen, wieder trennen, lacht Andrea – ein klein bißchen zu laut, weil sie jetzt genau wie ich ein wenig unsicher ist. »Ich will noch ein Bier.«

Erstaunlicherweise ist das der erste Anflug von Nervosität, den ich heute abend erlebe. Bisher war ich einfach nur entspannt. Andrea hat mir all den Streß erspart, den Frauen Männern gerne antun: Ich mußte nichts entscheiden, das Gespräch nirgendwo hinlenken, keine Situationen oder Stimmungen herbeiführen. Andrea hat nicht erwartet, daß sie ein Programm geboten bekommt, das sie entweder abnicken oder zum Kotzen finden kann. Statt dessen haben wir einfach viel geredet und gelacht. Als wären wir Bruder und Schwester – außer natürlich, daß ein Bruder seiner Schwester nicht verstohlen auf den Busen starrt und sich vorstellt, wie nett es wäre, ihn zu knuddeln.

Andrea und ich hatten uns um neun im *Daruma* verabredet, einem der wenigen japanischen Lokale, das von den besonders lästigen 90er-Jahre-Yuppies noch nicht aufgespürt und annektiert wurde. Und tatsächlich trudelte Andrea auch um Punkt neun ein, womit sie prompt den ersten Pluspunkt sammelte: Ich *hasse* Unpünktlichkeit! Nicht, daß es mir etwas ausmacht, irgendwo allein herumzusitzen – aber wenn sich jemand mehr als zehn Minuten verspätet, habe ich immer das Gefühl, ich hätte irgend etwas durcheinandergebracht, sitze in der falschen Kneipe oder habe den Tag verwechselt.
Dank Andrea gab es auch kein Eis, das wir zwischen uns

hätten brechen müssen: Noch bevor wir saßen, sprudelte sie los, und binnen kürzester Zeit kannte ich die Eckpfeiler ihres Lebens – Bücher aller Art, Wanderurlaube in unwirtlich-romantischen Gegenden wie Irland und Schottland und jede Form von Jazz, außer natürlich Dixieland, der, wie jeder zivilisierte Mensch weiß, einzig bei Kleinstadt-Straßenfesten und als Vorspann-Untermalung bei Woody-Allen-Filmen akzeptabel ist. Schon nach kurzer Zeit hatte Andrea einen Pluspunkt-Kontostand erreicht, bei dem ich ihr, ohne zu zögern, mein Leben verpfändet hätte. Und als sie mir dann, zwischen Seetang-Nudelsuppe und Sashimi, den ersten von vielen plüschigen Blicken zuwarf, bei denen es nicht nur in meinem Nacken kribbelte, war ich kurz davor, mich hemmungslos in diese wunderbare Frau zu verlieben.

So atemlos Andrea plappern mag, so konzentriert kann sie aber auch zuhören. Sie ist nicht bloß neugierig, sondern ehrlich interessiert. Und sie ist einer der wenigen kinderlosen Menschen, der Aufmerksamkeit nicht bloß heuchelt, wenn ich von Paul erzähle.

»Ich liebe Kinder«, sagt sie plötzlich ganz ruhig und ernst. »Mein letzter Freund wollte aber keine. Da hab' ich ihn verlassen.«

Der plötzliche Stimmungswechsel irritiert mich, und weil ich nicht weiß, was ich dazu sagen soll, stammle ich banal: »Na ja, es sind doch letztlich immer eine Menge

Faktoren, die bei einer Trennung eine Rolle spielen.«
Habe ich das jetzt wirklich gesagt? Hilfe!
Andrea lächelt. »Na ja, schon. Mark hatte auch noch andere Fehler – er putzte sich zum Beispiel nur äußerst widerwillig die Zähne, und sein Traumurlaub bestand darin, drei Wochen lang an irgendeinem Strand zu rösten. Zweimal die Woche hatte er außerdem Fußballtraining, komme, was da wolle. Selbst an meinem Geburtstag! Und jeden Samstagabend bei der Sportschau mutierte er für eine Stunde zum Autisten, den man rütteln und schütteln konnte, ohne daß er irgend etwas merkte. Aber das Hauptproblem war, daß er sich, ich zitiere, ›den Spaß am Leben nicht durch irgendwelche Schreihälse ruinieren lassen will‹.«
Ich rolle angesichts dieser Aufzählung grober Verstöße gegen die Grundregeln eines kultivierten Lebens mit den Augen. Andrea schien einen Moment darüber nachzudenken, was sie gerade alles gesagt hatte, und begann zu lachen: »Also, bei näherer Betrachtung war er vielleicht einfach ein Idiot.« Dann wurde sie wieder ernst. »Weißt du, es ist so: Ich *will* Kinder. Und einen Mann, der das nicht auch will, kann ich nicht gebrauchen.«
»Habe ich schon erwähnt, wie sehr ich Fußball hasse?« griene ich. Andrea lacht noch einmal, greift sich ihr Glas und wirft mir über den Rand hinweg den plüschigsten aller Plüschblicke zu. »Wohnst du weit von hier?«
Ich hatte gehofft, daß sie das fragt. »Ober – zahlen!«

Als wir in meiner Wohnung ankommen, schnappt sich Anita, die auf Paul aufgepaßt hat, sofort ihre Jacke von der Garderobe, sagt nur kurz »Hallo« und »Er war ganz lieb« und rauscht dann – nicht ohne mir noch einen verschwörerischen, irgendwie anzüglichen Blick zuzuwerfen – von dannen. Ziemlich durchsichtig und ein bißchen peinlich, finde ich. Aber Andrea hat zum Glück nicht vor, jetzt noch irgendeine Show in Sachen Zurückhaltung abzuziehen. Sowie die Tür ins Schloß gefallen ist, habe ich schon ihre Zunge im Mund.

Erinnern Sie sich, was ich Ihnen vorhin erzählt habe – daß man sich beim Sex erst mal kennenlernen muß? Vergessen Sie's! Andrea und ich sind, wie schon den ganzen Abend, auch im Bett völlig synchron: Es ist einfach und gut, völlig unverkrampft, sanft und ohne falsche Scham.

Als wir schließlich daliegen, sie in meinem Arm, und während ihr Atem immer ruhiger wird, weil sie ganz langsam einschläft, werde ich plötzlich furchtbar nervös: Das ist alles, verdammt noch mal, zu perfekt.

Wo liegt der Haken?

6.

Es ist fünf Uhr einundzwanzig, als mich ein schriller Schrei weckt. Ich schnelle panisch in die Höhe und drehe mich zu Andrea um, die mit weit aufgerissenen Augen …

… in das Maul eines Krokodils starrt. Auf ihrem Bauch sitzt Paul und lacht begeistert.

»Kroko macht *Buuuaah*!« erklärt er der ihm unbekannten Frau breit grinsend und schwenkt sein giftgrünes Stofftier noch einmal direkt vor ihrem Gesicht: *»Buuaah!«*

Ich muß lachen. Das erste gemeinsame Aufwachen mit Andrea hatte ich mir wirklich etwas anders vorgestellt und dabei das übliche Morgenritual mit Paul vollkommen vergessen.

»Kroko kommt aus Afrika«, doziert mein Sohn derweil ungerührt weiter. »Der mag gern Fisch. *Mmmmh*, macht der dann.«

Ich schnappe mir Paul mitsamt seinem Polyacryl-Reptil, drücke ihn an mich und gebe ihm einen Kuß. »Guten Morgen, Paulchen.«

Der Lütte entwindet sich meiner Umarmung und versucht, auf Andrea zu zeigen, was – da sie sich uns gerade zuwendet – dazu führt, daß er seinen Zeigefinger in ihr rechtes Auge pickt.

»Autsch!« Erschrocken zuckt Andrea zusammen. Und ich gleich dazu – ob sie diese unsanfte erste Begegnung wirklich besonders begeisterungswürdig findet?

»Frau«, stellt Paul, den meine Sorgen offensichtlich kalt lassen, nüchtern fest. »Ja, und was für eine«, lächle ich, ohne lange darüber nachdenken zu müssen. Und Andrea zerstreut all meine Sorgen, indem sie mir einen langen Kuß auf den Mund drückt.

»Hallo, Paul«, sagt sie dann und gönnt meinem Sohn einen ihrer besonderen Blicke, der, wie ich neidisch feststelle, noch ein bißchen plüschiger ist als die, die ich bislang abgestaubt habe. »Ich heiße Andrea.«

»Antrea«, murmelt Paul, als würde er ernsthaft darüber nachdenken. Dann drückt er sein Krokodil einmal mehr in Andreas Gesicht. »Kroko gibt Antrea Küßchen.«

Ich weiß, ich sollte jetzt überglücklich sein. Vor ein paar Stunden noch waren Andrea und ich flüchtige Bekannte, jetzt liegt sie mit mir und meinem Sohn im Bett, als wären wir schon seit einer Ewigkeit eine Familie. Paul, der wie alle Zweijährigen Fremden gegenüber durchaus ein ausgemachter Kotzbrocken sein kann, scheint Andrea zu mögen. Und ich tue das auch. Mehr als das. Aber wissen Sie was?

Irgendwie ist mir mulmig.
Ich habe das Gefühl, daß mir in diesem Moment die Kontrolle entgleitet. Als hätte ich mir, ohne die Chance auf Bedenkzeit und absolut unwiderruflich, eine neue Frau eingehandelt. Und eifersüchtig bin ich auch.
Normalerweise, wenn Paul morgens in mein Bett krabbelt, schmusen wir ein halbes Stündchen und berappeln uns ganz langsam für den Tag. Doch jetzt will er sich nicht einmal von mir umarmen lassen. Statt dessen nötigt er »Antrea«, dem Krokodil gefälligst auch ein Küßchen zu geben, weil es sonst nämlich weint und »dann muß man es gaaaanz doll trösten«.
Und dann schießt mir plötzlich durch den Kopf, was Andrea gestern gesagt hat.
Wie verrückt sie nach Kindern ist. Und daß sie deswegen sogar ihren Freund abserviert hat.
Mein Gott, vielleicht stecke ich schon mitten in so einer *Hand an der Wiege*-Geschichte! Könnte Andrea eine dieser gemeingefährlichen Psychopathinnen sein, die der Bild-Zeitung regelmäßig zu auflagenfördernden Schlagzeilen verhelfen? Vielleicht spielt mich Kai Wiesinger demnächst in einem Sat.1-Krimi mit dem schicksalhaften Titel *Die Kinderdiebin mit dem Plüschblick*, bei dem sich die Zuschauer ständig fragen, warum ich Idiot die Warnzeichen nicht früher bemerkt habe! Vielleicht ist alles, was mir schon bald von Paul bleiben wird, sein Stoffkrokodil. Vielleicht …

»Woran denkst du?« lächelt Andrea mich an.

Ich zwinge mich zu einem schiefen Grinsen: »An … äh … an nichts. Ich bin noch nicht ganz wach.«

7.

Natürlich weiß ich eigentlich, daß Andrea keinerlei diabolische Pläne hegt – aber trotzdem bleibt meine Stimmung auch während des Frühstücks seltsam konfus. Ich meine, ich bin einerseits irgendwie zufrieden, andererseits aber lauern irgendwo in meinem Hinterkopf düstere, diffuse Vorahnungen. Wenn Sie jemals mit einem Mordshunger zu McDonald's gegangen sind, wo Sie sich einen FishMac und einen McRib und einen Milchshake einverleibt haben, dann kennen Sie dieses Gefühl: Sie genießen es, wie der Hunger nachläßt, es schmeckt ja auch – aber irgendwo in Ihrem Kopf wummert das Wissen, daß Ihnen vermutlich in wenigen Minuten ziemlich übel sein wird und Sie sich wünschen werden, das Zeug nie angerührt zu haben.

Wenn mich noch gestern eine gute Fee gefragt hätte, welche drei Wünsche mir spontan einfallen würden, wäre einer davon folgender gewesen: Ich wünsche, ich hätte morgens mal die Ruhe, eine Zeitung zu lesen oder einfach gemütlich in den Tag hineinzurutschen, ohne Spielzeugautos reparieren und Nutellaflecken aus allen Winkeln der Küche wischen zu müssen. Und heute?

Paul, der sonst von meinem Schoß überhaupt nicht herunterzukriegen ist, nimmt meine Existenz überhaupt nicht zur Kenntnis! Statt dessen klebt er wie Patex auf Andrea. Er umarmt sie bereits zum drittenmal, zieht ihr an den Ohren und hängt ihr an den Lippen. Ich hingegen bin dermaßen abgesagt, daß ich sogar in Muße Sekundärliteratur über Schopenhauer wälzen könnte. Und das finde ich Scheiße!

Verstehen Sie mich nicht falsch: Ich werfe Andrea überhaupt nichts vor. Im Gegenteil, objektiv gesehen kann eine Frau kaum perfekter sein. Während sie Paul eine wirklich pfiffig modifizierte Version der *Bremer Stadtmusikanten* erzählt (eine Giraffe, ein Wolf, ein Pinguin und eine Ratte wollen zum Jazzfestival nach Stockholm), zwinkert sie mir zu und bedenkt mich mit einem Luftkuß.

Eben noch war sie die hinreißende Geliebte, jetzt ist sie eine naturbegabte Teilzeit-Mami. An ihrem wogenden Busen, dessen Nippel mich freundlich durch den dünnen Stoff ihres T-Shirts anlächeln, ist scheinbar Platz für mich und meinen Sohn zugleich. Und das ist es doch, wovon alleinerziehende Väter nach allgemeiner Einschätzung träumen. Trotzdem fühle ich mich wie an die Wand genagelt.

Meine Grübelei bleibt nicht unbemerkt. »Hast du irgendwas?« fragt Andrea und sieht mich besorgt an.

»Mm-mh.« Ich schüttle den Kopf und versuche, relativ vergeblich, eine gutgelaunte Lächeln-Zwinkern-Kombination hinzubekommen.
Andrea überlegt. Dann, weil ja alles andere auch unlogisch wäre, entschließt sie sich für eine naheliegende Erklärung. »Dein Vater ist ein Morgenmuffel!« verrät sie Paul und küßt ihn auf die Wange. »Muffel, Muffel, Muffel!« kräht Paul begeistert. Dann sieht Andrea auf die Uhr: »Ich muß mich fertigmachen. Wir haben um neun ein Meeting.«
Ich nicke und strecke die Arme aus: »Komm, Paul, wir gucken uns ein Buch an.«
»Antrea!« jault dieser Verräter von einem Sohn und klammert sich an der Frau fest, die er vor wenigen Stunden noch gar nicht kannte.
»Ich komme doch bald wieder«, lacht Andrea. Aber während sie das sagt, schießt ihr offensichtlich plötzlich ein Gedanke durch den Kopf, und sie sieht mich an, ganz ernst. Ihre Augen fragen stumm: *Stimmt doch, oder?*
Wieder versuche ich zu lächeln. Keine Ahnung, ob's glaubhaft ist. »Klar«, sage ich ein bißchen zu laut und ein bißchen zu fröhlich. »Andrea kommt bald wieder.« Paul scheint beruhigt, krabbelt von Andreas Schoß, stapft zu mir herüber, schnappt sich meine Hand und zieht mich in Richtung Wohnzimmer, wo seine Bücherkiste steht. Andrea blickt uns nach. Kurz darauf

sehe ich sie ins Badezimmer gehen, ziemlich langsam und mit gesenktem Kopf.
Ich fühle mich furchtbar.

Zehn Minuten später klingelt es an der Tür. Ich kenne dieses Klingeln – dreimal lang, mit soviel Schmackes, als würde jemand den Klingelknopf für eine Tube halten, deren Inhalt partout bis zum letzten Rest herausgepreßt werden muß. So klingelt nur Miriam – der einzige Mensch der Welt, der es als persönliche Beleidigung betrachtet, wenn ein lebloser Gegenstand wie eine Tür ihm den Weg versperrt.
Paul kennt dieses markante Klingeln ebenfalls und rennt zur Tür. »Miriam«, ruft er (*Mama* oder *Mutti* hat Miriam ihm verboten, weil das so »kleinkariert« klingt). Ich folge Paul, habe es allerdings längst nicht so eilig.
Als ich die Tür öffne, platzt Frau Frühstück herein, wischt ihrem Sohn zur Begrüßung kurz über den Kopf, als hätten sich dort ein paar Spinnweben verfangen, die sie mal schnell entfernen müßte, und wendet sich dann mir zu: »Hallo, Sebastian. Ich will mit Paul zum Friseur.«
»Paul hat zuwenig Haare für eine Frisur«, versuche ich hier das Offensichtliche vor Augen zu führen.
»Das hängt vom Friseur ab!« giftet Miriam. »Und außerdem …«

In diesem Moment öffnet sich die Badezimmertür, und eine splitternackte, klitschnasse Andrea tritt in den Flur: »Sebastian, wo hast du die Handtü …?« Dann sieht sie Miriam, erschreckt sich verständlicherweise, ruft »Oh« und »Entschuldigung« und springt zurück ins Bad. Paul rennt ihr hinterher, laut »Antrea ist ein Nackedei!« johlend.
Miriam sieht mich mit einem Blick an, den ich von ihr gar nicht kenne – irgendwie ehrlich gekränkt. Ich sage lieber erst mal gar nichts, weil ich eh nicht weiß, was jetzt passend wäre. Statt dessen gehe ich ins Schlafzimmer, hole ein großes Handtuch aus dem Schrank und reiche es Andrea durch den Türspalt.
»Sehr fraulich«, zickt Miriam los, die sich von der Überraschung erholt hat. »Ist doch sonst nicht dein Typ.«
Ich sage immer noch nichts.
»Also«, kommt Frau Frühstück spitz auf den Grund ihres Besuchs zurück, »was ist: Hast du mit Paul was vor, oder kann ich mit ihm zum Friseur?«
Ich zucke mit den Schultern: »Klar. Das heißt, nein. Ich meine … mein Gott, ja, dann geh doch mit ihm zum Friseur!«
Die Badezimmertür geht wieder auf, und Andrea erscheint, diesmal relativ trocken und komplett bekleidet. Tapfer kämpft sie gegen die Beklemmung an, die Miriams stechender Blick üblicherweise bewirkt. »Hi,

ich bin Andrea«, sagt sie und streckt einladend die Hand aus.
Miriam wartet eine eiskalt berechnete Sekunde zu lang, bevor sie Andreas Hand betont langsam schüttelt. »Hallo. Miriam.«
»Pauls Mutter«, füge ich lahm hinzu. Was auch nicht gerade dazu beiträgt, daß sich die Situation entkrampft.
Andrea wird nervös. Hektisch fingert sie ihre Jacke von der Garderobe, wirft sie sich nur über die Schulter, statt sie anzuziehen, greift sich ihren kleinen Rucksack vom Fußboden und hält dann noch einmal kurz inne.
»Also, äh ...«, stottert sie zu mir gewandt. »Bis dann.«
Sie bewegt sich nicht.
»Ja, bis dann.« Linkisch gehe ich einen Schritt auf sie zu. »Tschüs.«
Sie rührt sich immer noch nicht. Erde, tu dich auf unter mir! Mit einem peinlich berührten Gesicht küsse ich sie blitzschnell auf die Wange.
Andrea sieht für einen kurzen Moment aus, als würde sie zu weinen beginnen. Dann stürmt sie aus der Wohnungstür, dreht sich draußen aber noch einmal tapfer um. »Tschüs, Paulchen!« Dann ist sie verschwunden.
Auf die Wange?
Mann, bin ich ein Arschloch!

8.

»Du bist ein *Arschloch*!« zischt Miriam, stapft in die Küche, zieht einen Becher aus dem Regal und gießt sich aus der noch halbvollen Kaffeekanne ein. »Ein riesengroßes Arschloch«, spezifiziert sie ihren Vorwurf, während sie sich am Tisch niederläßt.

Ich bleibe bei meiner Karpfen-Taktik und lasse nur träge meinen Unterkiefer wippen, ohne ein Wort zu sagen.

»Die Kleine ist offensichtlich total *verknallt* in dich«, blafft mich Miriam an, »und *du* fertigst sie ab, als wäre sie nur ein beiläufiger Fick gewesen!«

Spätestens jetzt schellen bei mir alle Alarmglocken. Wenn Frau Frühstück sich zu Kraftausdrücken oder gar obszönem Vokabular hinreißen läßt, kann man sicher sein, daß sie es wirklich ernst meint. Doch viel bedrohlicher, ja fast schon beängstigend ist die Tatsache, daß ich Miriam gerade bei einem leidenschaftlichen Akt der Frauensolidarität erlebe. Die Miriam, die ich kenne, müßte eigentlich zutiefst erfreut über die Szene sein, die sie gerade beobachtet hat. Schließlich könnte sie aus ihr einige selbstbefriedigende Schlüsse ziehen: daß ich immer noch nicht ganz über sie hinweg bin, zum Beispiel, und daß ich jede Frau, die ich kennenlerne, immer noch mit ihr vergleiche. Und daß natürlich keine von ihnen ihr das Wasser reichen kann. Natürlich stimmte das alles nicht, aber mit solchen Nebensächlichkeiten wie der Realität hält Frau Frühstück sich normalerweise nicht auf.

Statt dessen starre ich jetzt, immer noch wortlos und staunend, eine wütende Frau an, die langsam, aber sicher ausflippt.

»Was *glaubst* du eigentlich, wer du *bist*?«

Miriam kreischt tatsächlich!

»Denkst du etwa, Frauen haben *keine* Gefühle? Daß man einfach so auf uns *rumtrampeln* kann? Ihr Männer seid doch *alle* gleich!«

Dann sackt sie plötzlich in sich zusammen. Ihr sonst kerzengerader Rücken krümmt sich, ihre Schultern zucken, und ich höre, wie sie anfängt zu schluchzen.

»Ich *kann* einfach nicht mehr!«

Was passiert hier?

Ratlos beuge ich mich zu Miriam herunter, lege ihr zaghaft und hilflos meine Hand auf die Schulter und überlege immer noch, was ich sagen soll, als sie plötzlich aufspringt und sich ganz fest an mich preßt, so, als bräuchte sie allen Halt dieser Welt. Und dann schießen ihr die Tränen aus den Augen.

»Mathias will sich scheiden lassen!«

9.

Nachdem ich mit einiger Mühe Miriams Tränen getrocknet habe und die panische Wer-weiß-wie-lange-noch-Frau-Frühstück sich schließlich verabschiedet hat, zwinge ich mich, endlich mein eigentliches Tagwerk in Angriff zu nehmen, den Slogan für eine neue Gesichtscreme: *Malina Beauty – für die Haut ab 30.* Aber abgesehen davon, daß ich der Ansicht bin, daß Frauen erst wirklich attraktiv sind, wenn sie ein paar Fältchen vorweisen können, und mir ständig kontraproduktive Zeilen wie »Kleistern Sie Ihre Lebenserfahrung zu« und »Die Spachtelmasse für die moderne Frau« im Kopf herumschwirren, sehe ich mich auch sonst nicht dazu in der Lage zu arbeiten. Einen Vormittag wie diesen muß man schließlich erst einmal verdauen.

Die Tatsache, daß Miriam demnächst wieder alleinstehend sein wird, trifft mich dabei gemeinerweise besonders aus egoistischen Motiven: Miriam, die dank ihrer bemerkenswerten Oberflächlichkeit bei dieser Trennung auf die Dauer wohl kaum unter etwas anderem als an gekränkter Eitelkeit leiden dürfte, wird ihre freie

Singlezeit nämlich sicherlich darauf verwenden, Paul und mir das Leben schwerzumachen. Allerdings werde ich damit schon irgendwie klarkommen.
Viel schwerer wiegt mein schlechtes Gewissen in Sachen Andrea: Es tut mir nicht nur leid, was ich da abgezogen habe, ich *schäme* mich regelrecht. Ehrlich, so was ist ganz und gar nicht meine Art. Und ich zermartere mir den Kopf, wie das passieren konnte.
Vielleicht, denke ich, haben mich all die Jahre mit einem kalten Fisch wie Miriam dermaßen abgestumpft, daß ich mit ehrlicher, unkomplizierter Zuneigung nicht mehr klarkomme? Und es steht für mich auch völlig außer Frage, daß ich Andrea nicht verlieren möchte. Scheiße, sie ist das Beste, was mir in den letzten zwei Jahren passiert ist! Aber mir wird auch schwindelig von ihr: Andrea scheint wie ein Rennpferd in eine gemeinsame Zukunft preschen zu wollen, während ich es besser fände, gemütlich zu traben und sich an jeder Abzweigung gut zu überlegen, welchen Weg man nimmt. Ich meine, sie kennt mich doch kaum, und trotzdem scheint sie am liebsten bei mir einziehen zu wollen.
Obwohl – war es nicht genau das, was mir selbst auch vor unserem ersten Treffen im Kopf herumgeschwirrt ist? Topf und Deckel, und das möglichst schnell? Und dann trifft es mich wie ein Faustschlag: Wo liegt eigentlich mein Problem?

Was bin ich eigentlich für ein eingebildeter Idiot?
Ich meine, es ist ja nicht so, daß sie mir einen Heiratsantrag gemacht hat. Andrea hat mich heute morgen einfach nur angelächelt und mir gezeigt, daß sie sich wohl fühlte (zumindest, bis ich das Arschloch raushängen ließ). Und sie hat sich prächtig mit meinem Sohn verstanden.
Hätte es mir etwa besser gefallen, wenn sie Paul mitgeteilt hätte, er könne sich sein blödes Krokodil sonstwohin stecken?
Ich muß das irgendwie wieder ausbügeln!

Aus dem Flur höre ich das Klappern des Briefschlitzes und sehe wie immer sofort nach, was die Post so bringt. Zwei der Briefe sind unerheblich (eine Rechnung und der Gratiskatalog meines bevorzugten Videospielehändlers), aber der dritte macht mich neugierig: Von der Absenderin – Susanne Kalweit-Armgardt – habe ich nämlich noch nie gehört.
Der Brief besteht aus einer fotokopierten Din-A4-Seite, auf der folgendes steht:

> Lieber, ehemaliger Mitschüler!
> Vor genau 15 Jahren haben viele von uns sich das letzte Mal gesehen: bei unserer Abiturfeier. Sicher bist Du auch neugierig, was

aus den anderen so wurde. Deshalb findet am 16.4. ab 20 Uhr im »Schwender's« am Großneumarkt ein KLASSENTREFFEN statt. Wir hoffen sehr, Dich dort begrüßen zu können.
Das Festkomitee

10.

Der Brief bringt mich ins Grübeln. Nicht nur, daß er mich bitter daran erinnert, wie alt ich mittlerweile bin, sondern auch daran, was sich alles geändert hat. Daß meine ehemaligen Mitschüler und ich uns ausgerechnet im *Schwender's* treffen sollen – einem überteuerten Lokal, in dem welke Sekretärinnen nach dem dritten Glas Wein schlüpfrige Witze erzählen –, deprimiert mich.

Damals, zu Schulzeiten, hing ich mit meinen Freunden im *Krawall* an der Hafenstraße ab und gab mir im *Lehmitz* auf der Reeperbahn gesundheitsschädigende Tequila-Dröhnungen. Und jetzt soll ich dieselben Leute in einer Gaststätte wiedertreffen, wo *Pur* aus den Lautsprechern wabert und sich niemand darüber beschwert? Ehrlich gesagt interessiert es mich auch eher weniger, was aus meinen Mitschülern geworden ist. Ich meine, Susanne Kalweit-Armgardt – die als Schulmädchen vermutlich nur Susanne Kalweit hieß – muß schon damals von solch einer Unerheblichkeit gewesen sein, daß ich ihr keinerlei Speicherplatz in meinem Langzeitgedächtnis zur Verfügung gestellt habe.

Drei Leute würde ich allerdings gern wiedersehen: Didi, Bea und natürlich Ines. Ines war meine erste Freundin, als ich sechzehn war. Und die Tatsache, daß wir fast drei Jahre lang zusammenblieben, belegt, daß sie nicht nur eine Pubertätsschwärmerei war, sondern meine erste Liebe. An Ines habe ich – durch sechs Minuten unbeholfenes Herumstochern – meine Unschuld verloren. Und wir haben, zumindest theoretisch, die Welt neu geordnet: Während die meisten unserer Mitschüler ihre Idole aus der bunten Welt der Popmusik oder den Sportseiten der Zeitung rekrutierten, waren wir die Vorsitzenden des Bakunin-Fanclubs. Auf unseren Plattentellern drehten sich Keith Jarret und Pat Metheny, während wir auf einem Flokati herumlümmelten und uns über die Vorteile des syndikalistischen Anarchismus die Köpfe heiß diskutierten. Das heißt, falls wir nicht gerade knutschten. Wir fanden sogar heraus, welche grundlegenden Fehler Buenaventura Durutti einst bei der Gründung der landwirtschaftlichen Kommunen in Katalonien gemacht hat; daß weder Ines noch ich je die Bekanntschaft eines echten Bauern gemacht hatten, war dabei völlig unerheblich. Ines und ich waren zutiefst romantisch. Mit Kerzenlicht und Sonnenuntergängen hatte das allerdings nichts zu tun. Nein, bei uns flatterten die Palästinensertücher trotzig im Wind. Wir sahen uns als potentielle Weltenretter: Selbst- und mittellos, nur unsere Liebe als einzigen Besitz, wollten wir diesen Planeten für unsere Kinder lebenswerter machen. Und wenn mir irgend jemand damals erzählt hätte, ich würde einmal, statt heldenhaft in den bewaffneten Widerstand zu ziehen, die Vorzüge einer überteuerten Faltencreme preisen, hätte ich ihm aller Wahrscheinlichkeit nach die Fresse poliert.

Auch Didi und Bea waren ein Paar, Punks der ersten Generation. Und wie die meisten Punks waren sie vor allem zweierlei: laut und niedlich. Zu viert zogen wir nachts durch die Stadt, hörten uns allerlei drittklassige Lärmbands an, vernichteten jede Form von Alkohol, deren wir habhaft werden konnten, und hatten einfach eine tolle Zeit. Wie soll man sich auch schlecht fühlen, wenn man in der Gewißheit lebt, daß man zu den wenigen Menschen gehört, die das System durchschaut haben? Die sich niemals beugen werden und, schlicht und ergreifend, einfach besser sind als die anderen?

Die meisten unserer ignoranten Mitschüler hielten uns allerdings weniger für Helden als für Arschgeigen. Und mittlerweile, mit der nötigen Reife, würde ich sagen, daß man es ihnen nicht verübeln kann: Ines, Didi, Bea und ich waren tatsächlich eingebildete, arrogante Stinkstiefel. Aber wir waren wenigstens nicht langweilig.

Sowohl Ines als auch Bea hielten sich bei ihrem antibürgerlichen Protest allerdings ein Hintertürchen offen – sie waren gute, fleißige Schülerinnen. Ines rechtfertigte diese (meiner damaligen Ansicht nach zutiefst verwerfliche) Strebsamkeit damit, daß man sich im revolutionären Kampf bis zu einem gewissen Punkt auf Feindesgebiet begeben muß. Ines wollte das System von innen umkrempeln, sich erst in möglichst hoher Ebene einschleichen und dann wie ein zerstörerischer Virus wüten. Bea hingegen brauchte schlicht und einfach erst gar keine Rechtfertigung: Niemand macht einer Frau Vorwürfe, die die beste Klausur in Physik abgibt, während sie sechs Sicherheitsnadeln in ihrem Gesicht stecken hat.

Didi und ich waren konsequenter: Didi las Underground-Comics im Unterricht, rülpste bei besonders enervierenden Stellen des Lehrervortrags und wurde in der zwölften Klasse der Schule verwiesen. Ich habe das Abitur nur mit Ach und Krach geschafft, hauptsächlich deswegen, weil viele meiner Lehrer meine Streitlust als Diskussionbereitschaft auslegten und früher einmal selbst kleine Weltverbesserer waren. Ich glaube, sie fanden mich, den polternden, pickligen Teilzeit-Revoluzzer, einfach niedlich und hatten die Theorie, daß aus mir nach dem Ende der Pubertät einmal ein ernstzunehmender Mensch werden könnte.

Das größte Problem, das ich bei der Erziehung meines Sohnes haben werde, wird folgendes sein: Ich werde ihm erklären müssen, wie wichtig die Schule ist, wieviel

Spaß sie machen kann und daß man sich auch in jenen Fächern bemühen muß, die einem nicht so liegen. Es wird die qualvollste Lüge meines Lebens sein.

Seufzend nehme ich mir einen Kugelschreiber und kringle auf dem Kalender in der Küche den 16. April ein. Bin gespannt, was Ines mittlerweile so treibt.

11.

Dreimaliges energisches Schellen weist mich darauf hin, daß Frau Demnächst-Ex-Frühstück zurück ist. Als ich die Tür öffne, traue ich meinen Augen nicht: Nicht nur, daß sie den Friseur offensichtlich wieder einmal damit beauftragt hat, Stufen in Paulchens Zippelhaar zu schneiden (was genausoviel Sinn macht, wie einen Landschaftsgärtner um eine Neugestaltung der Tundra zu bitten), nein, in Pauls rechtem Ohr steckt auch ein Ohrring!

»Brilli!« strahlt Paul stolz und zeigt auf sein verunstaltetes Hörorgan.

»Bist du wahnsinnig?« fahre ich Miriam an. Anita wäre stolz auf mich, denn heute bin ich geladen genug, um die sonst so große Beherrschung gegenüber meiner Exfrau zu verlieren. »Du kannst Paul doch nicht einfach … Bist du BESCHEUERT?«

Miriam ist auf meinen Wutausbruch offensichtlich vorbereitet und hat sich eine typische Frau-Frühstück-Argumentation zurechtgelegt. Mit ruhiger Stimme, sogar ein wenig provozierend grinsend, sagt sie: »Wir haben das *gemeinsame* Sorgerecht, erinnerst du dich? Und wie du siehst, hat Paul nur *EINEN* Ohrring. Das andere Ohr untersteht auch weiterhin voll und ganz deiner Verfügungsgewalt.«

Das hat sie gerade nicht wirklich gesagt, oder? Fassungslos starre ich meine Exfrau an.

»Brilli juckt«, kichert Paul und fummelt an dem Schmuckstück herum.

Nicht, daß Sie mich mißverstehen: Ich habe nichts gegen Ohrringe. Ich trage selbst einen. Aber einem zweijährigen Kind so etwas ins Ohr zu hängen ist für mich der Inbegriff von Abartigkeit, und zwar ganz gleich, ob es sich um einen Jungen oder ein Mädchen handelt. Wenn ein Kind irgendwann, vielleicht mit sechs oder sieben, selbst den Wunsch nach Ohrverzierung äußert: bitte schön. Bis dahin finde ich es aber einfach nur dumm, primitiv und widerlich.

»So etwas kannst du nicht einfach selbst entscheiden!« schnauze ich Miriam an und will gerade zu einem längeren Monolog ausholen, als sie unvermittelt zur Tür geht. »Mit dir diskutiere ich nicht«, sagt sie schnippisch und stolziert ins Treppenhaus, den Rücken wieder so kerzengerade, als hätte ihr Herr Frühstück niemals hineingetreten.

Ich knalle die Tür zu. Ein sicheres Indiz dafür, daß ich wirklich auf hundertachtzig bin! Aber was geschehen ist, ist eben geschehen, und ich kann nun eben nur noch den Schaden begrenzen. Seufzend beuge ich mich des-

halb zu Paul hinunter und will ihm den Ohrring herauspulen – aber mein Sohn fängt sofort zu schreien und zu zappeln an. Er versucht mit aller Kraft, sich meinem Griff zu entwinden. »Brilli! Pauls Brilli!« brüllt er immer wieder. »Behalten!«
Ich lasse resignierend von ihm ab, und Paul drückt sich versöhnlich an mich. Mit seinen kleinen Händen reibt er sich die Augen; der typische, postmiriamsche Ermüdungseffekt hat eingesetzt. Ich beschließe, den Kleinen erst mal zu seinem Mittagsschlaf hinzulegen.

Es dauert keine fünf Minuten, bis Paul zufrieden in seinem Bettchen schnorchelt. Und weil jetzt sowieso nichts mehr schlimmer kommen kann, beschließe ich, meinen Mut zusammenzunehmen und Andrea anzurufen. Ich will mich entschuldigen, mit allem Drum und Dran, ohne Ausflüchte. Wenn's sein muß, werde ich sogar um Vergebung flehen.
Statt Andrea meldet sich Sven, der *Art Director*, an ihrem Telefon in der Agentur. »Hallo, Sebastian. Hast du schon ein paar schöne *Malina*-Slogans für uns?«
»Ich arbeite dran. Kannst du mir bitte mal Andrea geben?«
»Tut mir leid, Sebastian. Andrea hat sich heute krank gemeldet. Sie sagt, sie hat etwas Falsches gegessen.«
Autsch!

12.

Leise schleiche ich in Pauls Zimmer, denn nichts flickt mein zermürbtes Nervenkostüm besser als der Anblick meines schlafenden Sohnes.
Wenn Sie selbst keine Kinder haben, können Sie das nicht verstehen. Sie glauben es vielleicht, Sie können es sich leidlich vorstellen – aber nur wer selbst Vater oder Mutter ist, kennt dieses ganz spezielle, unvergleichliche Gefühl.
Ich war nie ein besonders sentimentaler Mensch. Romantisch, ja, und durchaus anfällig für Kitsch. Wenn Bette Midler der sterbenden Barbara Hershey in *Freundinnen* die Hand hält, dann heule ich wie ein Schloßhund. Aber das ist nichts, absolut *nichts* gegen jene entfesselten Gefühle, die einen exakt in dem Moment überfallen, in dem man zum ersten Mal sein Kind im Arm hält. Und es sind hartnäckige Gefühle: Für die nächsten Jahre sind sie Ihr ständiger Begleiter.
Immer wenn ich Paul in seinem Bettchen schlafen sehe – das kleine, runde Gesicht ganz entspannt, die kurzen Wurstärmchen um seinen Teddy geschlungen –, dann muß ich nahezu unmenschliche Willens-

kraft aufbringen, um ihn nicht zu wecken, zu umarmen und zu küssen. Kinderlose Menschen genießen viele Vorteile: Sie können ausschlafen, die Urlaube machen, die sie wollen, und sie müssen sich nicht fünfmal am Tag eine *Zehn kleine Zappelfinger*-Musikkassette anhören. Aber sie haben auch keine Ahnung, wieviel Liebe in ihnen brachliegt.

Ich sitze also auf dem Fußboden, umringt von Playmobil-Männchen, Fragmenten einer Spielzeugeisenbahn und einem halben Dutzend Bilderbüchern, und merke, wie ich immer ruhiger werde. Paul schnarcht ein klein bißchen; manchmal fiept er leise und aufgeregt wie ein Küken und träumt dann vermutlich gerade von wilden Amokfahrten mit seinem Bobby-Car. Und während ich mich von Paulchens bloßer Existenz einlullen lasse und sich das Gedankenwirrwarr in meinem Kopf langsam, aber sicher ordnet, arbeite ich einen Schlachtplan in Sachen Andrea aus.

Ich bin ein Mann.

Und Männer brauchen Schlachtpläne.

Ich glaube, wenn man eine Liste der zehn größten Unterschiede zwischen Männlein und Weiblein macht, würde das tief verwurzelte männliche Bedürfnis nach Strategie und Planung ganz oben stehen. Frauen haben Männern einiges voraus: Sie sind im allgemeinen bessere Autofahrer und im Regelfall auch erheblich leidensfähiger, selbstloser und warmherziger (wobei Mar-

garet Thatcher und Frau Frühstück beweisen, daß es keine Regel ohne Ausnahme gibt). Nüchternes Kalkül nimmt bei den meisten weiblichen Menschen dagegen einen fast schon lächerlich geringen Stellenwert ein.
Ich hingegen brauche ein System. Wenn ich mich auf meine Instinkte und spontanen Handlungen verlasse, befinde ich mich binnen kürzester Zeit in irgendwelchen Fettnäpfchen. Und es sind nicht diese drolligen, kleinen Butternäpfchen, bei denen andere Leute noch schmunzeln können, wenn man hineinstapft. Nein, es sind Riesenkübel voll ranzigen Fritierfetts, in denen ich dann bis zu den Schultern versinke. Und dann stinke ich nicht nur mir selbst gewaltig.
Ich weiß, daß Liebe und Logik ein Widerspruch in sich ist. Aber ich weiß auch, daß ich ohne Logik nur eine geringe Chance habe, in die Nähe potentieller Liebe zu kommen. Und weil ich, nach reichlicher Prüfung der Tatsachen und unter schmerzlichem Eingestehen meines heutigen Fehlverhaltens, beschlossen habe, daß Andrea durchaus große Gefühle bei mir wecken kann und darf, ist mir mein Einsatzplan schon bald klar. *Operation Antrea*, so der Codename, beginnt heute, pünktlich um Zwanzig Null Null.

13.

Wenn Paul aus seinem Mittagsschlaf erwacht, gleicht das einer metaphysischen Erfahrung. Sein Körper ist bereits im Diesseits, seine Hände grapschen schon nach dem obligaten Aufwachkeks und dem Becher Apfelsaft. Sein Geist allerdings schwebt noch im Lummerland-Nirvana.

Während Paulchen also starr ins Leere blickt und gedankenverloren den Schokokeks mümmelt, kann ich ihm problemlos den Ohrring entfernen und ihm dann gemütlich zuschauen, wie er den mentalen Schritt in die Realität wagt. Wenn er schließlich wieder ganz im Hier und Jetzt angekommen ist, flüstert er wie immer andächtig dasselbe rituelle Begrüßungswort: »Buch!« Dann blättern wir für zehn Minuten in einem Hartkarton-Büchlein, wo Kühe Motorrad fahren und Giraffen den Rasen in ihrem Vorgarten mähen können.

Spätestens nach dem zweiten Buch ist Paul wieder voll da, turnt kopfüber auf dem Sofa, perfektioniert seine Hüpftechnik und erweitert sein reichhaltiges Kreischrepertoire um einige neue schrille Modulationen. Meine Frage, ob er sich aufs Töpfchen setzen will, quittiert er wie üblich mit einem pikierten Blick, als hätte ich ihm einen unsittlichen Antrag gemacht. Zwanzig Minuten später sitzt er dann frisch gewickelt in seiner Karre, und wir machen uns, wie jeden Donnerstag um drei, auf den Weg zur Krabbelgruppe.

Krabbelgruppe ist natürlich ein völlig falscher Ausdruck. Als ich Paulchen vor eineinhalb Jahren zum ersten Mal ins nahe gelegene Gemeindehaus mitnahm, krabbelten die dort versammelten kleinen Würmchen tatsächlich noch – plärrten, robbten, rollten und quakten. Wenn man zu seinen Füßen blickte, war es, als machte man einen Ausflug zurück in die Frühtage der Evolution, als der Mensch noch ein besseres Reptil war und seine Furchen durch den Urzeitschlamm zog. Mittlerweile aber begeben sich unsere Kinder höchstens noch mal auf alle viere, wenn ein anderes Gör sie mit einer gezielten Bauklotz-Attacke zu Boden befördert hat, wenn sie *Wauwau* spielen oder den Teppichboden nach heruntergefallenen Keksstücken absuchen.
Ich mag unsere Krabbelgruppe. Vor allem natürlich, weil Paul hier glücklich ist, aber auch deshalb, weil sich hier meine einzige Chance bietet, Paulchens Entwicklung mit den Fortschritten gleichaltriger Kinder abzugleichen.
Bevor ich Vater wurde, hatte ich nur eine grobe Vorstellung davon, wann Kinder was lernen. Ich dachte bei-

spielsweise, daß sie schon sehr schnell Farben unterscheiden können, aber Ewigkeiten brauchen, bis sie den ersten wirklich zusammenhängenden Satz absondern. Und ich dachte, daß alle Kinder mehr oder weniger zur selben Zeit zu denselben Dingen fähig sind. *Irrtum!*

Die neun Ex-Krabbler, die ich jeden Donnerstag mit fast wissenschaftlichem Interesse begutachte, sind – obwohl altersmäßig nur wenige Monate voneinander entfernt – völlig verschieden begabt. Manche konnten bereits mit einem Jahr laufen; sie hopsen und klettern mittlerweile mit beeindruckender Souveränität, besitzen allerdings einen Wortschatz, der noch unter dem von Profifußballern und Volksmusikanten liegt. Paul dagegen, der seit geraumer Zeit trickreich herumlabern kann wie ein Versicherungsvertreter, läuft immer noch, als wären seine Muskeln und Gelenke aus Hartgummi, und besitzt nicht einmal ansatzweise die nötige grobmotorische Koordinationsfähigkeit, um die Pedale seines Dreirads zweckgemäß zu benutzen.

Noch interessanter ist es zu sehen, daß all die kleinen Racker – egal ob laufend oder stolpernd, parlierend oder brabbelnd – schon erstaunlich ausgebildete Charaktere besitzen. Ich habe mir für fast alle Krabbelgruppenkinder bereits die Zukunft ausgemalt und bin mir ziemlich sicher, daß ich in den meisten Fällen richtig liege: Jonathan, der Schokofreak, der aussieht wie eine

Mischung aus Planierraupe und Ottfried Fischer, wird es zum Beispiel mal weit bringen. Schon jetzt überrollt er alles, was ihm im Wege steht, schubst Kontrahenten fröhlich glucksend zur Seite und betrachtet jedes Spielzeug vor allem als potentielles Wurfgeschoß. Meine Prognose: Vorstandsvorsitzender eines Rüstungskonzerns, dreimal geschieden, Alkoholproblem.
Latifa, ein kakaobraunes, kulleräugiges, wild gelocktes Mädchen, das man ohne Modifizierung als Vorbild für die erste karibische Barbiepuppe benutzen könnte, wird dagegen des Nachts viel in ihr Kissen weinen, denn schon heute küßt, herzt und umarmt Klein-Latifa jeden (wirklich jeden!), der sich in ihre Nähe begibt. Sollte sie diese blinde Vertrauensseligkeit auch später noch besitzen, wird ihr so mancher Jonathan das Herz brechen. Prognose: Performance-Künstlerin mit den thematischen Eckpfeilern Ästhetik, Körpersprache und Selbstmord.
Für Paul wage ich solche Vorausschauen natürlich nicht. Da lehne ich mich lieber zurück und harre der Dinge, die da kommen sollen. Eltern, glaube ich, erledigen ihren Job am besten, wenn sie wie Schiedsrichter immer nur hinterherlaufen, ausschließlich bei eindeutigen Regelverstößen eingreifen und ansonsten einfach zuschauen, wie das Spiel sich so entwickelt.

14.

Anita ist ein Schatz. Eigentlich wollte sie heute mit einer Freundin ins Kino gehen, aber als ich ihr von meiner zwischenmenschlichen Notlage und *Operation Antrea* erzählte, sagte sie kurz entschlossen ab, um den Babysitter für Paul spielen zu können.

Anita ist nur fünf Jahre älter als ich, aber trotzdem so etwas wie meine Mutter. Unsere Eltern starben bei einem Autounfall, als ich neun und sie vierzehn war. Von da an wohnten wir bei meinen Großeltern, die gerne den Musikantenstadl schauten, ihrer schlesischen Heimat nachheulten, die »die Russen« ihnen gestohlen hatten, und die keinerlei Vorstellung davon besaßen, was sie mit uns anfangen sollten. Sie gewährten uns Obdach, mehr aber auch nicht.

Anita, die bis dahin ein eher schräges Huhn gewesen war, schloß daraufhin scheinbar binnen Tagen ihre Pubertät ab, wurde enorm vernünftig und übernahm das inoffizielle Sorgerecht für mich: Sie legte mir morgens meine Klamotten heraus, kontrollierte meine Hausaufgaben und sorgte dafür, daß ich nicht mehr als den teenagertypischen Mist baute. Sie brach die Schule nach der Mittleren Reife ab, lernte Kauffrau und zog aus, sobald sie achtzehn wurde. Mich nahm sie mit. Oma backte uns zum Abschied noch ein paar Kekse und wünschte uns alles Gute.

Niemand hat also mehr als Anita das Recht, mir gehörig den Kopf zu waschen. Und so stehe ich nun in der Küche wie ein begossener Pudel, als sie mir all die Dinge um die Ohren haut, die ich mir in inneren Monologen doch selbst längst vorgeworfen habe: »Das paßt so gar nicht zu dir! Wolltest du unbedingt vor Miriam den coolen Macker spielen? Mein Gott, freu dich doch, daß Andrea Paul mag! Willste etwa eine Freundin, die Kinder haßt?«

Ich sehe so zerknirscht aus, daß Anita einen Gang zurückschaltet und mir kameradschaftlich einen Stups vor die Brust gibt. »Hör zu, Romeo: Jetzt zählt bedingungslose Reue. Komm Andrea bloß nicht mit irgendeinem Psychoquark oder faulen Ausreden. Schmeiß dich in den Dreck, suhle dich unterwürfig darin und *bettle* um Gnade. Laß den süßen Kerl raushängen, der du ja manchmal sein kannst!«

»Witzig, daß du das erwähnst. Genau das hatte ich vor«, grinse ich unbeholfen, öffne den Kühlschrank und hole die Ausrüstungsgegenstände für meinen Rückeroberungsplan heraus: eine Flasche Champagner und ein Sortiment feinstes Sushi, daß ich für stattliche 90 Mark beim Japaner gekauft habe. »Kerzen nehme ich auch noch mit. Und Blumen hole ich unterwegs.« Ich schaue Anita erwartungsvoll an und hoffe, daß sie mir zu meinem wirklich pfiffigen Einfall euphorisch gratuliert.

Aber Anita murmelt nur: »Luxusessen, Schampus, Kerzen und Rosen. Mann, du bist so unoriginell, daß ich mich wirklich frage, wie du als Werbetexter überleben kannst.«

Na toll. Das ist genau die Art von Aufmunterung, die ich brauche …

15.

Wie sich herausstellte, hätte es auch nicht geholfen, wenn ich Pavarotti persönlich mitgebracht hätte, der für Andrea eine von mir selbst komponierte Liebesarie schmettert. Ich scheitere nämlich bereits an der Haustür. Über die Gegensprechanlage haben Andrea und ich folgenden zutiefst unromantischen Dialog:

Sie *(fragend)*: »Hallo?«

Ich *(zerknirscht)*: »Ich bin's, Sebastian.«

(Pause)

Ich *(weinerlich)*: »Hör zu, es tut mir leid …«

Sie *(kalt)*: »Ja, mir auch.«

(Knack)

Ich klingle nicht noch mal; das hätte offenkundig sowieso keinen Zweck. Statt dessen schlurfe ich ein paar Schritte, lasse mich auf einer Bank nieder und tue mir selbst ganz furchtbar leid.

»Tach!« höre ich plötzlich eine kehlige Stimme. Einen Sekundenbruchteil später steigt mir eine beißende Geruchsmixtur aus Fuselatem, Urin und Schweiß in die Nase. Neben mir taucht ein Penner auf, eines jener besonders derben Exemplare, wegen deren man normalerweise fluchtartig den U-Bahn-Waggon wechselt. Ehe ich mich's versehe, sitzt er neben mir und sieht erst neugierig meine Tüte, dann den Blumenstrauß und schließlich mich an.

»Pech mit den Weibern?« fragt er.

»Nur mit einer«, murmle ich.

»Scheißspiel mit den Weibern, kann ich dir sagen«, solidarisiert sich der Stadtstreicher und zeigt auf den Kopf der Champagnerflasche, der aus der Tüte herausschaut. »Brauchste den noch?«

Ich überlege nur kurz. »Bedien dich«, murmle ich. Kaum mehr als einen Herzschlag später hat der Mann in atemberaubender Geschwindigkeit die Flasche geöffnet, angesetzt und fast zum Drittel geleert. Damit könnte er bei *Wetten, daß …?* auftreten!

»Auch was?« Er hält mir den Veuve Cliquot hin. Ich überlege kurz, ob eine geballte Ladung unerfreulicher Bakterien jetzt wirklich noch etwas ausmacht, entscheide mich, daß es ja wohl kaum noch schlimmer kommen kann, wische nur kurz mit der Hand über den Flaschenhals und nehme ebenfalls einen Schluck.

Der Penner wühlt mittlerweile ungeniert in meiner Tüte und fördert den Karton mit Sushi zutage. Er öffnet ihn, schaut hinein und seufzt offenkundig enttäuscht. »Fisch!« Dann zuckt er mit den Schultern, murmelt: »Ach, was soll's?« und schiebt sich einen Garnelenhappen in den Mund.

»Erzähl mal«, fordert er mich dann auf und streckt die Hand aus, damit ich ihm die Champagnerflasche zurückgebe.
Und ich tu's. Ich meine, warum nicht? Ich erzähle ihm von meinem ersten Abend und meiner ersten Nacht mit Andrea und wie glücklich ich war. Wie ich am nächsten Morgen völlige Paranoia hatte, daß es gar nicht mehr um mich ging, sondern nur um meinen Sohn oder die Illusion einer Familie. Wie mir alles zu schnell ging, wie mir regelrecht schwindelig wurde und daß jetzt, wo ich bereit bin, Andrea es nicht mehr ist. Und daß ich blöder Idiot meine große Chance versaut habe.
Der Penner hat während meines Monologs die ganze Flasche geleert, rülpst heftig und sagt, leicht lallend: »Liebe heißt sich fallen lassen, Junge. Du bist ein Schisser. Du hast Schiß vor der Liebe.« Und dann hebt der Penner den eiterüberzogenen Zeigefinger und rezitiert:

Ich wollt, ich wär eine Blume,
Du kämest still gegangen,
Nähmest mich zum Eigentume
In deine Hand gefangen.
Auch wäre ich gern ein roter Wein
Und flösse süß durch deinen Mund
Und ganz und gar in dich hinein
Und machte dich und mich gesund.

»Hermann Hesse«, rülpst mein neugewonnener Freund nach einer kurzen Pause. »Der verstand was von der Liebe. Der konnte sich fallen lassen. Hat übrigens gesoffen wie ein Loch.«

Ich schaue den obdachlosen Literatur- und Lebenskenner verwirrt an. Doch der zuckt nur mit den Schultern: »War mal Studienrat.«

Der studierte Penner steht auf, schnappt sich den Sushi-Karton und sieht mich an. »Die Dinger würden besser schmecken, wenn ein bißchen Remoulade dran wäre.« Und dann trottet er, meine japanische Delikatessenbox in seiner Hand, davon. »Schisser«, grummelt er noch ein paarmal vor sich hin. Dann ist er verschwunden.

Ich bleibe noch ein paar Minuten auf der Bank sitzen und starre vor mich hin. Ich Schisser.

16.

Whump! Whump! Whump!

Mein Schädel fühlt sich an wie eine Turnhalle, in der jemand permanent einen Basketball gegen die Innenwand donnert. Ich mache die Augen auf und sehe Licht. Viel zuviel Licht! Ich schließe die Augen schnell wieder. Jetzt hat irgend jemand in der Turnhalle eine Tafel aufgestellt und fährt mit einem Schraubenzieher drüber.

Iiiiiiiiiiiiiiitsch!

Ich habe einen Geschmack im Mund, als hätte sich meine Zunge versehentlich in das Hinterteil einer Kuh verirrt. Ich stöhne.

Whump! Whump! Whump!

Zwischen den einzelnen, dröhnenden Schlägen tauchen Bilder auf. Ein Tresen, Schnapsgläser. *Viele* Schnapsgläser. Ein Taxifahrer, der ständig fragt, ob ich mich übergeben muß.

Übergeben? In meinem Magen löst sich gerade eine Säurekapsel auf und pumpt Giftgas aufwärts durch meine Speiseröhre.

Iiiiiiiiiiiiitsch!

Langsam, ganz langsam richte ich mich auf und zwinge

mich, die Augen offenzulassen. Das Zimmer ... Das Zimmer kenne ich! Es ist mein Schlafzimmer.
So weit, so gut. Aber meine Arme sind bleischwer. Und irgend jemand hat sämtliche Nerven aus meinen Beinen herausoperiert, während ich geschlafen habe.
Ich muß etwas trinken, dieser Kuhgeschmack ist widerlich!
Unter äußerster Anstrengung schleppe ich mich ins Badezimmer, halte erst meinen geöffneten Mund unter den Wasserhahn, dann meinen Kopf. O ja! Besser! Das ist gut!
Das kalte Wasser stört die bösen *Whumps*, sie werden schwächer. Ein wenig entspannter schnappe ich mir meinen Bademantel vom Garderobenhaken an der Tür, ziehe ihn an und schleiche in die Küche. Auf dem Tisch liegt ein Zettel:

Vermute, Dein Date war ein Flop.
Tut mir leid.
Bin mit Paul auf dem Spielplatz. Anita

Ich mache mir einen viel zu starken Instantkaffee, weil das Bedienen einer Kaffeemaschine meine momentanen motorischen Fähigkeiten übersteigen würde. Nach zwei Schlucken klingelt das Telefon. So laut, daß ich hochschrecke und den Kaffee umkippe. Zehn qualvolle Schritte später habe ich das Telefon in der Hand.

»Jaaa?« örkse ich mit einer mir völlig fremden Stimme, die klingt, als wäre sie mit Schmierseife und Rollsplitt mariniert.
»Hab' ich dich geweckt?« Es ist Sven von der Werbeagentur. Er klingt sauer. »Hör zu, du solltest nicht pennen, sondern arbeiten! Die *Malina*-Slogans sind morgen fällig, und ich habe nicht mal einen Entwurf von dir zu sehen bekommen. Wir haben in einer Woche Präsentation! Also komm rüber damit. Keine Verzögerungen mehr! *Got it?*«
Ich will zustimmen, aber meinem Mund entweicht nur ein Geräusch, das in etwa klingt wie »Arghnumpfh«. Ich räuspere mich und versuche es noch mal. »Ist gebongt. Sorry, Sven. Ich war total im Streß«, schnorchle ich mit meiner Aquaplaning-Stimme.
Jetzt lacht Sven. »Mann, bist voll versackt gestern, was? Haste die Sau raugelassen? Reiß dich zusammen, Alter. Eine weise Frau hat mir mal gesagt: Wer feiern kann, der kann auch arbeiten. Egal, wie schwer's fällt!«
Hohoho, Männersolidarität. Es gibt nichts Wertvolleres.
Ich will gerade auflegen, als Sven noch etwas sagt: »Warte mal, Andrea will dich noch sprechen.«
Zwap! In meinem Kopf schnalzt ein Gummiband und bringt alle brachliegenden Synapsen sofort auf Trab. Ich bin hellwach. Dann höre ich ihre Stimme.
»Heute um vier. Im Alsterpavillon.«

Eine Verabredung!
Ein Friedensangebot?
Ich will noch etwas sagen, aber sie hat schon aufgelegt.

17.

Es dauert etwa eine Stunde, bis der Kater aufhört in meinem Schädel herumzutoben und sich endlich friedlich zu einem nur noch dumpf grummelnden Knoten in meinem Hinterkopf zusammenrollt. Mir ist nur noch etwas flau. Ich schaue auf die Uhr: elf Uhr vormittags. Noch fünf Stunden, bis ich Andrea treffe.

Wenn ich behaupten würde, ich wäre nervös, wäre das gelogen. Nein, ich habe blanke Angst! Wenn ich jetzt noch einen Fehler mache, ist die ganze Sache unwiderruflich gelaufen. Offenkundig bekomme ich nur noch diese eine Chance. Wenn überhaupt.

Ich meine, vielleicht will Andrea gar keine Versöhnung, sondern mir nur noch einmal richtig die Meinung geigen, bevor sie endgültig aus meinem Leben verschwindet. Ich sehe es direkt vor mir: Sie taucht auf – und sie sieht so gut aus wie noch nie. Bildschön schwebt sie auf mich zu; im Näherkommen erhasche ich einen ersten Hauch meines Lieblingsparfüms *Aqua Di Gio*, das sie sich exakt in jener Dosis aufgetragen hat, die meine Hormone in Gefechtsstellung bringt. Ich sitze wie paralysiert vor meinem Espresso an dem kleinen Bistrotisch des Alsterpavillons, und Andrea steht direkt vor mir. Sie setzt sich nicht, beugt sich nur vor – und zwar so, daß mein Blick direkt in ihren großzügigen Ausschnitt fallen muß –, bohrt sich mit ihren Plüschaugen direkt in meinen Verstand, mein Herz und meine Seele und sagt … nein, sie *haucht*: »Du bist ein Schwein.« Spricht's, dreht sich um und zieht würdevoll von dannen. Und ich sitze da wie Heinz Arsch, blicke ihr traurig und wie üblich wortlos nach und fühle mich wie ein Gameshow-Kandidat, dem der Moderator gerade das Foto einer Traumvilla gezeigt hat und dann jodelt: »Das wäre Ihr Preis gewesen! Das heißt, wenn Sie nicht so ein erbarmungsloser Schwachkopf wären und einmal in Ihrem Leben etwas richtig gemacht hätten!« Und dann darf ich gehen, mit leeren Händen und vollem Tränenkanal.

Ich höre, wie sich der Schlüssel im Schloß dreht. Anita kommt mit Paul vom Spielplatz zurück. Das ist gut, ich brauche jetzt moralische Unterstützung.
Pustekuchen.
»Will! Aber! Nicht!« höre ich Paul schreien, als ich um die Ecke biege. Der Knirps liegt auf dem Boden, hämmert seinen Kopf auf den Läufer und brüllt: »Will! Nicht! Händewaschen!« Anita hält noch den Türgriff in der Hand; sie hat offenkundig gar nicht vor, noch hereinzukommen, sondern sagt nur kurz: »Ich muß

jetzt wirklich ins Büro. Mein Boß ist garantiert schon stinksauer. Ich ruf' dich heute abend an.« Und ist schon wieder verschwunden.

»Wiiiillll! Niiiiicht!« kreischt Paul.

Er ist in der Trotzphase – und ich glaube, man nennt es Trotzphase, weil es einem Wunder gleicht, daß man sein Kind TROTZ allem liebt. Auch wenn es sich aufführt wie ein richtiges kleines Arschloch.

»Wiiiiiiiiiilll! Niiiiicht!« schreit Paulchen noch einmal.

Und ich murmle nur leise: »Ich auch nicht, Paul. Ich auch nicht.«

18.

Paul schläft, Gott sei Dank. Und wieder sitze ich an seinem Bett und denke nach. Ich habe keine Ahnung, was ich gleich tun muß, um die Situation zu retten. Und an der Verzweiflung, mit der ich die richtige Methode zur Andrea-Versöhnung suche, merke ich, wie unglaublich wichtig es mir ist. Ich glaube … Ich glaube, ich bin wirklich verliebt.
Wäre es nicht toll, wenn man Beziehungsaufbauhelfer mieten könnte? *Charme-Notdienst* oder *Rent-a-Sensible* etwa. Für 75 Mark pro angefangene Stunde, oder so. Jemanden, der immer das Richtige sagt, das Zweierkisten-Fundament für einen legt und alles so herrichtet, daß man selbst erst einsteigen muß, wenn die kritische Phase vorbei ist. Ich meine, wir leben in einer hochindustriellen Zeit, Spezialisierung ist eine der Grundfesten unserer Gesellschaft. Es gibt Spezialisten für alles! Wenn meine Toilette verstopft ist, hole ich ja schließlich auch einen Klempner und murkse nicht selbst an den Rohren herum. Wenn mein Auto bedrohliche Schlursch-Geräusche macht, bemühe ich den Spezialisten aus der Autowerkstatt, und wenn mein Computer

wieder einmal lauter Systemfehler und beschädigte DLL-Dateien bemängelt, nehme ich Kontakt mit einem PC-Spezialisten auf. Von manchen Dingen versteht man eben nichts. Wieso gibt es also keinen Notdienst für Beziehungsstreß? Kann die Liebe denn komplizierter sein als Windows 95 oder das Getriebe eines Fiat Panda? Ich gestehe es freimütig: Ich bin ein Amateur in Herzensdingen und brauche Hilfe. Ich bin Liebeslaie! Ich verstehe das alles nicht, und die Frauen verstehe ich schon gar nicht.

Ich verstehe ja nicht einmal mich selbst!

Wenn ich auf die peinlich kurze Liste meiner Beziehungen zurückblicke, muß ich die betrübliche Feststellung treffen, daß sie mehr oder weniger alle nach demselben Prinzip funktionierten. Es gab eine Frau, die mich haben wollte, mir das mehr oder weniger deutlich zu verstehen gab – und ich bin dann halt mitgetrottet. Nach einer gewissen Zeit, wenn sich das Wir-sind-ein-Paar-Gefühl konsolidiert hat, bin ich, glaube ich, ein ganz netter Partner. Dann weiß ich, woran ich bin, und aus der Frau wird auf wundersame Weise ein ganz normaler Mensch. Und mit Menschen kann ich ja umgehen. Aber am Anfang, wenn das Testosteron blubbert, meine Hirnzellen sich in nie geahnten Konstellationen zusammenfinden und ich ständig etwas sage, was ich eigentlich überhaupt nicht meine, dann brauche ich eine Frau, die einfach nicht richtig zuhört, mich nicht besonders ernst nimmt und nach dem Augen-zu-und-durch-Prinzip verfährt, bis ich wieder einigermaßen klar im Kopf bin.

Ich mag Frauen. Sehr sogar. Wenn ich so darüber nachdenke, mag ich Frauen im Regelfall viel lieber als Männer. Aber ich kann nicht mit ihnen umgehen.

Es ist wie bei Hunden. Ich sehe so ein süßes, flauschiges Wesen und würde gern mit ihm spielen und es streicheln – aber ich habe keine Ahnung, ob er vielleicht beißt, wenn ich ihn an einer falschen Stelle kraule. Und deshalb benehme ich mich zögerlich und unsicher, halte erst die Hand hin und nehme sie dann plötzlich wieder weg, bevor der Hund noch richtig dran schnuppern kann. Und das stört den Hund, weil er natürlich keine Ahnung hat, was mein seltsames Verhalten zu bedeuten hat, und dann knurrt er vielleicht und …

Oh, mein Gott!

Habe ich gerade Frauen mit Hunden verglichen?

19.

Andrea ist schon da. Sie sitzt am Tisch, vor sich einen Cappuccino, und blättert in einem dicken Taschenbuch, das schon etwas mitgenommen aussieht. Noch so etwas, was ich an dieser Frau so schätze: Sie liest in jeder freien Minute.

Paulchen hat sie auch entdeckt, stürmt auf sie zu, hopst vor ihr auf und ab und johlt: »Antrea! Antrea!« Sie nimmt ihn hoch, drückt ihm einen Kuß auf die Stirn und läßt ihn in ihren Schoß plumpsen. Ich tapse unsicher heran und lasse mich auf dem Stuhl gegenüber nieder.

Mit jeder Reaktion habe ich gerechnet, mit wirklich jeder. Aber nicht mit dieser: Andrea sieht mich an und ... beginnt dann herzhaft zu lachen. So richtig laut! Einige Leute drehen sich zu uns um, während Andrea mich auslacht. Ich schwöre – man kann es nicht anders nennen: Sie lacht mich aus!

Ist das gut?

Kann ja wohl kaum sein, oder?

»Das ist nun wieder wirklich süß?« lacht sie.

»Was denn?« stammle ich irritiert.

»Du … du hast dich feingemacht!« prustet sie.
Ich blicke, peinlich berührt, an mir herunter. Ja, ich habe tatsächlich etwas Eindruck schinden wollen. Und, wenn ich's jetzt recht überlege, habe es dabei vielleicht etwas übertrieben. Ich habe nämlich meinen Armani-Anzug an. Den einzigen Anzug, den ich besitze, übrigens.
Andrea lächelt jetzt. Das sieht unglaublich nett aus. Und dann schnuppert sie, so richtig demonstrativ. »Dein Rasierwasser hast du heute wohl mit der Schöpfkelle aufgetragen, was?«
Jetzt werde ich rot.
»He«, lacht Andrea, »jetzt sehe ich es erst! Du hast dich ja sogar rasiert!«
Ja, ich habe mich rasiert. Das kommt zugegebenermaßen nicht sehr häufig vor, da mein popeliger Bartwuchs das nicht jeden Tag erfordert und ich mir gerne einbilde, die paar Stoppelfelder, die nach einer gewissen Weile in bestimmten Gesichtsparzellen sprießen, wären so etwas wie ein gutaussehender Dreitagebart.
Andrea kichert. »Da blutet's noch ein bißchen.«
Knallrot. Ich schwöre, ich bin knallrot. Kurz vor violett.
»Und«, giggelt Andrea ungehemmt weiter, »das mit dem Haargel mußt du wohl auch noch mal üben.«
Jetzt reicht's!

»Ist ja gut! Ich hab's kapiert!« blöke ich – und könnte mir in demselben Moment schon wieder auf die Zunge beißen. Ich will hier die wichtigste Versöhnung meines Lebens in die Wege leiten. Ich will eine Frau zurückerobern, die mir wichtig ist wie keine andere. Und was tue ich? Ich schnauze sie an! Aber Andrea scheint's nicht zu stören, sie kichert immer noch.

»'tschuldigung«, brummle ich. Mann, ist das wieder lahm! »Hör zu, es tut mir leid. Ich wollte dich nicht verletzen«, fange ich meinen wohldurchdachten Zerknirschungsmonolog an, aber Andrea hört gar nicht richtig zu. Sie wendet sich Paul zu und fragt: »Hattest du einen schönen Tag?«

Paul rattert los. Ehrlich, Kinder sprechen nicht, sie *rattern*: »Paul war auf'm Pielplatz. Und da war ein ... *äh* ... Mätchen und ... *äh*, das hat aua macht ... und ...«

Während Paul seine vormittäglichen Erlebnisse herunterspult, folgt Andrea ihm so konzentriert, als würde der kleine Hosenscheißer die Relativitätstheorie widerlegen. Ich schaue den beiden fasziniert zu. Ich kann mich nicht erinnern, daß Miriam dem Lütten jemals soviel Aufmerksamkeit geschenkt hat.

Um mich kümmert sich niemand. Und wenn ich auch nicht viel von Frauen verstehe, das hier kenne ich – Andrea läßt mich schmoren. O ja, das können Frauen: einen schmoren lassen. Es ist ihre beste und grausamste Waffe. Wenn es eine Genfer Konvention für Beziehungen gäbe, würde das »Schmoren lassen« geächtet werden.

Aber es ist okay. Ich meine, Andrea hat alles Recht der Welt dazu. Sie hätte das moralische Recht, mir einen Einlauf aus Honig und Senf zu verpassen.

Zwischenzeitlich erscheint eine Bedienung, die nur nebenbei meine Espresso-Bestellung annimmt, hauptsächlich aber immer wieder zu Paulchen hinüberschielt und lächelt und aussieht wie eine werdende Mutter an der Startrampe. Sie wirkt wie ein Mann, der gerade das neue BMW-Modell inspizieren darf: mit diesem euphorischen Glanz in den Augen, ganz und gar Glück und Verzückung. Und vielleicht ist es das, was ich an Frauen so mag – schließlich ist es doch allemal sympathischer, sich für ein menschliches Wesen zu begeistern, als für einen neu konzipierten Einspritzmotor.

Nach ein paar Minuten wage ich einen erneuten Vorstoß. »Andrea. Es tut mir leid. Ich weiß auch nicht, was in mich gefahren …«

Andrea greift über den Tisch, nimmt meine Hand und lächelt. »Ist okay. Du hast schon gestern gewonnen, als du bei mir geklingelt hast.«

Ich glotze sie blöd an.

»Mach's einfach nicht wieder«, spricht Andrea weiter, ernster diesmal. Setzt noch hinzu: »Das tat weh.« Und dann beginnt sie Paul zu stupsen und dreht sich wieder von mir weg. Und ich staune. Ich staune wirklich. Das war wieder so ein weibliches Wunder: Sie hat mir in den paar Minuten, die wir hier zusammensitzen, alles erklärt, ohne viel sagen zu müssen. Wenn ich die Gesten, Blicke, Frotzeleien und wohlüberlegten Schweigesequenzen mal übersetzen darf: Sie mag mich, sehr sogar. Sie weiß, daß Männer manchmal Idioten sind. Sie ist bereit, hin und wieder darüber hinwegzuschauen – aber nur so lange, wie sie glauben kann, es sei Tapsigkeit und keine Boshaftigkeit. Sie ist cooler und weiser als ich, kennt alle Spielregeln und kann zwischen den Zeilen lesen. Und ich bin auf Bewährung, soll mich also anstrengen, aber bloß nicht versuchen, eine Show abzuziehen. Von wegen Armani und so. Sie weiß, daß ich ein Trottel bin. Aber ein lieber Trottel.

Hurra!

Und dann, als würde es ihr gerade einfallen (aber natürlich kommt es wohlpointiert in der richtigen Sekunde) sagt Andrea: »Ach so, ja … Ich soll dir von Sven ausrichten, daß er morgen früh, neun Uhr, die *Malina*-Slogans haben will, sonst macht er dich kalt.«

Scheiße! Ich hab' die Hautcreme völlig vergessen.

»Also, Sebastian, frisch ans Werk!« grinst Andrea. Dann beugt sie sich wieder zu Paul hinunter. »Wollen wir bummeln gehen?«

Ich bin zu verdutzt, um etwas zu sagen. Andrea wirft einen kurzen Blick in die Tasche, die im Netz des Buggys klemmt: Windeln, Feuchttücher, alles da. Und dann

steht sie auf, kommt – Paul an der Hand – um den Tisch herum, nimmt meinen Kopf in beiden Hände, gibt mir einen langen, leidenschaftlichen Kuß, wuchtet Paul in die Karre und verschwindet ohne ein weiteres Wort.
Ich bin wie vom Donner gerührt und brauche noch einen Moment, um mich von der Macht der Naturgewalt Frau zu erholen.
Bin ich glücklich?
Ich habe eine feste Freundin!
Sie heißt Andrea, ist wunderschön, smart und energisch. Mein Sohn liebt sie. Und sie liebt ihn. Sie hat alles im Griff, mein Leben inklusive.
Bin ich glücklich?
Ich glaube schon.

20.

Der *Malina*-Slogan fällt mir schon auf dem Heimweg ein: *Take your chances – Malina.* Simpel, englisch, idiotisch: *perfekt!*
Was will er uns sagen? Keine Ahnung – aber er impliziert, das sich irgendwelche Chancen verbessern, wenn man sich das Zeug ins Gesicht schmiert. Bei den Männern, in der Liebe, im täglichen Umgang mit den Mitmenschen. Und weil niemand verpaßte Chancen mag und eine Creme, die die Trefferquoten erhöht, eine tolle Sache ist, werden alle diesen glückverheißenden Slogan lieben: allen voran natürlich Sven, aber natürlich auch der Geschäftsführer der Cremefabrik, und vielleicht sogar – was allerdings nicht besonders wichtig ist – der legendäre Endverbraucher. Jetzt brauchen wir noch eine besondere Zutat, die es nur in *Malina* gibt: So was wie Megaperls oder die Jod-S11-Körnchen. *Mit den Wirkstoffen des Parin-Komplexes?* Klingt gut! Vielleicht ist Parin aber schon eine Stadt in Süditalien, dann müßte ich das noch ändern. Ich werde mal in den Atlas schauen.

Als ich die Wohnungstür aufschließe, befällt mich für einen kurzen Moment ein kalter Schauer. Es kommt nicht oft vor, daß ich meine Tür aufschließe, ohne daß Paulchen daneben steht. Jetzt ist er mit einer Frau unterwegs, die ich zwar liebe, aber trotzdem immer noch kaum kenne. Ein mulmiges Gefühl, wirklich: Ich habe momentan keinerlei Einfluß auf das Wohl und Weh meines über alles geliebten Kindes! Aber ich zwinge mich, gelassen zu bleiben. Das hatten wir ja nun gerade erst, die *Hand an der Wiege*-Paranoia. Und Andrea strahlt außerdem, wenn ich's mal nüchtern betrachte, solch ein Verantwortungsbewußtsein aus, daß es mir tatsächlich gelingt, wieder ruhig durchzuatmen. He, wenn ich mir jemals bei einem Unfall den Daumen absäge, dann möchte ich, daß Andrea es ist, die ihn ins Krankenhaus bringt, damit er mir wieder angenäht werden kann! Wahrscheinlich wäre sie schon vor dem Krankenwagen da, der mich transportiert.
Beruhigt betrete ich mein luxuriöses Zwölf-Quadratmeter-Büro, in dem sich ein Schreibtisch samt Computer, Telefon und Fax, drei vollgepfropfte Bücherregale, eine Stereoanlage sowie Berge von verschiedenfach bedruckten und beschriebenen Zetteln türmen. Mein Arbeitszimmer, meine Schreibbude, mein Grübelkerker.
Als erstes fällt mir eine lange Schlange Endlospapier auf, die aus meinem Fax quillt. Es sind irgendwelche kopierten Seiten einer Illustrierten oder eines Prospek-

tes. Ein neuer Auftrag, irgend etwas, was ich betexten soll, vermute ich. Doch ich liege falsch. Leider.
Es sind 16 Seiten voll Informationen über Waldorf-Schulen und -Kindergärten. Auf der ersten Seite steht eine kleine handgeschriebene Notiz:

Tolle Sache, diese Rudolf-Steiner-Erziehung.
Da wird Paul auch hingehen. Ich kümmere mich um den Papierkram. M.

M steht natürlich für Miriam. Oder für Miststück.

21.

Natürlich wird Paul in den Kindergarten kommen. Und natürlich habe ich mich längst um alles gekümmert. Wenn Paulchen drei Jahre alt ist, werde ich wieder voll arbeiten und nicht, wie jetzt, nur gelegentliche Jobs annehmen. Anita wird vom Dauer-Babysitten entbunden. Von 8 bis 16 Uhr wird Paul dann in den Kinderhort *Butterblume* gehen, den ich ungeachtet seines idiotischen Namens für einen Ort halte, an dem Kinder gern ihre Zeit verbringen.

Bei der Suche nach dem richtigen Kindergartenplatz habe ich festgestellt, daß es überaus unterschiedliche Ansichten darüber gibt, wie man seine Knirpse tagsüber versorgen sollte. Die Bandbreite reicht dabei von staatlichen und halbstaatlichen Aufbewahrungslagern, in denen schon wegen der dünnen Personaldecke kaum mehr getan wird, als aufzupassen, daß die kleinen Racker sich nicht gegenseitig den Schädel zertrümmern, bis zu privat organisierten »Kinderläden« – einem Relikt der Siebziger, als alle Adorno, Wilhelm Reich und Günther Amends Sexfibel lasen. Dort schleichen irgendwelche trantütigen Typen mit fettigen Haaren herum und bezeichnen sich als »Bezugspersonen«. Ungastliche Stätten, allesamt.

Wenn man dann, so wie ich, tatsächlich ein Plätzchen wie die *Butterblume* findet, wo Vernunft, Fürsorge und Spaß in gesundem Gleichgewicht herrschen, dann greift man natürlich zu. Paul steht auf der Aufnahmeliste, seit er 18 Monate alt ist. Und Miriam weiß das sehr wohl. Bislang war es ihr schnurz, wo unser Sohn untergebracht wird. Ich hätte ihn wahrscheinlich ohne nennenswerte Gegenwehr in einer Militärakademie oder einer Neonazi-Krippe anmelden können. Aber wie befürchtet hat die bevorstehende Scheidung von ihrem Frühstücksmann eine bedrohliche Verwandlung bei Miriam bewirkt – sie besinnt sich ihrer Wurzeln als Mutter.

Daß sie als erste Amtshandlung mit dem Waldorf-Kram ankommt, hätte ich mir denken können. Waldorf ist nämlich hip. Im ersten Moment klingt es auch alles prima: Ein Minimum an Leistungsdruck, statt dessen wird bei Kindern besonders die kreative Seite gefördert. Ich finde nur leider, daß diese Theorie hinkt. Ich will gar nicht zu sehr ins Detail gehen, aber wenn wir alle kreativ wären, wo blieben dann die patenten Spezialisten, die ich als Kreativer manchmal brauche? Ich stelle mir einen Störfall im Kernkraftwerk Biblis vor: Große Panik, es steht kurz vor der Kernschmelze. Irgendwer schreit hysterisch den leitenden Ingenieur an: »Was sollen wir machen?« Und der, ausgebildet an einer Waldorf-Schule, antwortet: »Keine Ahnung. Aber, guck mal, ich kann Bachs Toccata und Fuge auf der Blockflöte spielen.«

Es gibt unglaublich viele Dinge, die Waldorf-Kindern verboten sind. Und es sind nicht nur durchaus sinnvolle Tabus wie »Du darfst den Hamster nicht in die Mikrowelle stecken« oder »Schalte nie den Fernseher ein, wenn gerade Nachmittags-Talkshows laufen«. Nein, Waldorf-Kinder dürfen generell nicht fernsehen, müssen einen großen Bogen um Computer machen, dürfen keine Cola trinken oder Comics lesen. Es gibt in Waldorf-Kindergärten sogar ganz spezielle Puppen, konzipiert vom ollen Steiner persönlich: Es sind Puppen, die ganz ausdrücklich *keine* Nase haben! Mein Gott, wenn die armen Kinder irgendwann einmal einen alten *Supernasen*-Film mit Mike Krüger und Thomas Gottschalk sehen, haben sie vermutlich wochenlang Alpträume!

Die Waldorf-Erziehung quillt über vor Dogmen. Und Dogmen sind widerlich. Stets, immer, ohne Ausnahme. Ich muß mir etwas wirklich Gutes einfallen lassen, um Miriam diese Macke wieder auszutreiben.

Ich habe nur keine Ahnung, was.

22.

Es ist halb acht, als es an der Tür klingelt. Ich habe inzwischen den *Malina*-Slogan nebst einer völlig hirnrissigen, aber beeindruckend klingenden Erklärung, warum dieser Satz vollkompatibel zum *Consumer-Profile* ist, an Sven gefaxt. Eine halbe Stunde später rief Sven an und kiekste fast vor Begeisterung. Dann habe ich eine halbe Stunde im Internet gesurft, um Belastungsmaterial gegen die Waldorf-Kindergärten zu finden, bin aber nur auf ein paar Artikel gestoßen, die Rudolf Steiner des Antisemitismus bezichtigen. Gar nicht schlecht, eigentlich – trotzdem dürfte das Miriam nicht wirklich beeindrucken, da Paul ja nicht jüdisch ist. Und jetzt, wie gesagt, klingelt's.

Andrea und Paulchen stehen giggelnd vor der Tür. Der Kleine rattert sofort los: »Antrea hat Paul Pommes kauft. Mit Kätschapp! *Mmmmh*, hat Paul da sagt.« Er lacht, ich lache, und dann geht alles ganz schnell: Andrea küßt mich – und schiebt mich zur Seite!

Ich weiß gar nicht so recht, wie ich es beschreiben soll, aber es ist in etwa so, als wäre ich, schon wieder, in einer Blitzaktion vom fürsorglichen, geliebten Vater zum

Zuschauer verdammt worden. Ich habe zwar einen Platz in der Ehrenloge und darf sogar ein paar Kommentare zu dem Stück fallen lassen, das da gegeben wird, aber wirklich beteiligt bin ich nicht: *Andrea* badet Paul, *Andrea* erzählt ihm dabei lustige Geschichten, und *Andrea* bringt ihn schließlich sogar ins Bett. Immerhin kräht mein Sohn dann irgendwann, daß ich (»Papa!«) ihm die Gutenachtgeschichte vorlesen soll. Wenigstens das!

Während ich Paul einmal mehr vortrage, wie Bobo Siebenschläfer auf dem Mäuerchen balancieren darf und seinem kleinen Freund die Spielzeugeisenbahn wegnimmt, zaubert Andrea in der Küche das Abendessen: Spaghetti mit Pesto und einen außergewöhnlich raffiniert gewürzten Chili-Gurkensalat. Als Paulchen schläft, essen wir und trinken einen guten Wein, den Andrea mitgebracht hat. Und wieder – ich schwöre, ich hasse mich dafür! – wird mir mulmig. Es geht so schnell! Ich fühle mich entmündigt. Meine Kleinfamilie wird annektiert – von einer überaus liebevollen Besatzungsmacht zwar, aber trotzdem will ich ein Vetorecht. Miriam will die Zukunft meines Kindes organisieren, Andrea den Rest meines Lebens. Und ich? Ich darf *Malina*-Slogans schreiben.

Ich weiß nicht, ob es typisch Mann oder typisch Sebastian Hansen ist, aber ich vermute, die meisten Frauen an meiner Stelle hätten ihrem Unbehagen jetzt Luft gemacht. Sie hätten mehr oder weniger vorsichtig ihre Zweifel und ihren Mißfallen formuliert, immer wieder beteuert, wie glücklich sie seien, aber gleichzeitig erklärt, warum ihnen diese radikale Umkremplung ihres Daseins zu schnell gehe. Ich kann das nicht. Ich bin auf Bewährung. Ich will Andrea nicht schon wieder vor den Kopf stoßen. Aber natürlich merkt sie auch diesmal, daß etwas an mir nagt. Und sie hat einen Blick, der Salzsäure wie Kindershampoo wirken läßt: Er frißt sich direkt in mein Innenleben.

»Was?« fragt sie. Mit einer bedrohlich zischenden Stimme. »Was ist jetzt schon wieder?«

Diesmal habe ich Glück: Ich kann Andrea von Miriams Waldorf-Plänen erzählen, und sie glaubt wirklich, das sei der einzige Grund meines Unbehagens. Sie hört sich alles sehr sorgfältig an, sagt aber erstaunlich wenig. Sie denkt nach, glaube ich.

23.

Die Ziffern auf meinem Digitalwecker zeigen 2 Uhr 32. Neben mir atmet Andrea gleichmäßig. Und ich liege wach und denke über die Liebe nach.
Ich weiß, niemand glaubt so recht, daß Männer so etwas tun. Aber das stimmt nicht. Wir reden nur nicht darüber. Wir reden untereinander übrigens auch nie über Sex. Das ist ein widerlicher Mythos, zumindest was meinen Freundeskreis angeht. Miriam hingegen hat mir mal erzählt, wie viele ihrer Freundinnen Orgasmen haben und wie viele nicht. Frauen erzählen sich so etwas – unglaublich! Wie taktlos!
Also, wie gesagt: Ich liege da und denke über die Liebe nach. Im allgemeinen und im speziellen. Warum haben sich Andrea und ichs ineinander verliebt? Haben wir uns überhaupt ineinander verliebt? Ich meine, was gibt es an mir schon zu lieben: Ich sehe zutiefst durchschnittlich aus. Ich rede wenig, und das, was ich sage, hat – seien wir ehrlich – normalerweise wenig Substanz und noch weniger Pfiff. Ich bin keiner, mit dem man angeben kann. Auf der Habenseite verbuche ich höchstens folgendes: Ich glaube, ich bin beruhigend. Man

fühlt sich neben mir einigermaßen sicher. Ich bin nicht aggressiv und einigermaßen intelligent. Lauter Eigenschaften, über die auch ein gut erzogener Schäferhund verfügt.

Nun gibt es zwei Möglichkeiten. Erstens: Frauen haben tatsächlich diesen sagenumwobenen Sensor. Sie wissen, was man denkt. Sie durchschauen einen, ohne daß man etwas dafür tut. Jahrhunderte an der Seite wortkarger Kreaturen, die ihre Ängste, Zweifel, Sorgen, Gefühle und Gelüste unter einer dicken Schicht mürrischen Brummelns verbergen, haben bei den Frauen zu einem nahezu paranormalen Phänomen geführt: Sie kennen dich, ohne daß sie dafür verbalen Input brauchen. Und vielleicht mag Andrea, was sie bei mir entdeckt. Auch wenn ich selbst nicht so recht weiß, was das eigentlich sein könnte …

Zweite Möglichkeit: Sie liebt mich nicht wirklich. Sie will einfach nur einen mehr oder weniger akzeptablen Kerl an ihrer Seite haben, und ich bekomme den Zuschlag, weil ich ein nettes Kind als Extra mit einbringe. Tatsächlich wirkt Andrea nicht so, als ob sie irgend jemanden oder irgend etwas wirklich braucht. Außer höchstens hin und wieder mal eine Beruhigungstablette.

Und warum habe ich mich dann in Andrea verliebt? Daß ich sie wirklich schön finde, dürfte kaum der Grund sein. Diese Lektion habe ich sowohl in der Wer-

beindustrie als auch in meinen Miriam-Jahren gelernt: Eine tolle Verpackung enthält oft mindere Qualität.
Vielleicht ist es tatsächlich ihre zupackende Art, die fröhliche Resolutheit, die mir so gefällt? Dafür spricht einiges. Ich meine, ich habe nie die Männer verstanden, die auf Meg Ryan stehen. Solche zuckersüßen Püppchen gehen mir auf die Nerven. Ich zähle zu den Leuten, die Susan Sarandon erotisch finden. Außer als Nonne in *Dead Man Walking* vielleicht.
Vielleicht brauche ich einfach jemanden, der mich ans Händchen nimmt? Ich hatte – außer Anita – nie jemanden, der sich um mich gekümmert hat, der mich im richtigen Moment in die richtige Richtung schubste. Aber wenn dem so ist: Warum nervt es mich dann gerade so? Und nervt es mich wirklich – oder muß ich mich einfach nur dran gewöhnen? Um Himmels willen, Andrea tut ja nichts, was ich schlecht finde. Sie tut's einfach nur zu schnell, zu entschlossen und ohne mich zu fragen.
Jetzt habe ich schon wieder Kopfschmerzen.

24.

Bitte erschrecken Sie jetzt nicht: Heute morgen geht's mir prächtig! Um sechs Uhr hat mich Andrea geweckt. Mit Sex!
Ich werde mich jetzt nicht für meine Hormone entschuldigen; im Halbschlaf einen geblasen zu bekommen *ist* wundervoll. Zeigen Sie mir einen Mann, der das bestreitet, und ich zeige Ihnen den größten Lügner des Universums.

Eine halbe Stunde später frühstücken wir, während Paul – erschöpft von den gestrigen Abenteuern – noch friedlich schnorchelt. Es ist ein tolles Frühstück, denn Andrea ist liebevoll, witzig und aufgekratzt. Und da mein Sohn nicht mit am Tisch sitzt, darf ich mich ganz allein an dieser guten Laune erfreuen. Andrea erzählt mir von früher, von ihrer Kindheit. Und das ist sehr aufschlußreich, muß ich sagen – während ihrer Anekdoten wird mir nämlich einiges klar.
Andrea hat sieben Geschwister. Und ich würde sagen, das ist eine ausgesprochen gute Erklärung für ihre fast schon groteske Vernarrtheit in das Familien-Konzept.

Außerdem verstehe ich jetzt, wieso sie durchs Leben fegt wie Michael Schumacher auf Speed: Sie hat fünf Brüder und zwei Schwestern, alle älter als sie. Und deshalb mußte sie von klein auf verflucht schnell sein, wenn sie einen Stich machen wollte. Ich meine, wenn Andrea am Essenstisch immer gewartet hätte, bis sie an der Reihe war, wäre das Zeug schon kalt gewesen, bis es auf ihrem Teller landete – oder es wäre nichts mehr übrig.

»Du entwickelst nicht gerade ein Talent für subtile Argumentationsketten, wenn du sieben Konkurrenten um die Gunst deiner Eltern hast«, grinst Andrea. »Du lauerst auf eine Lücke – einen dieser seltenen, wunderbaren Momente, in denen gerade mal niemand redet – und blaffst schnell raus, was dir auf dem Herzen liegt.«

Ich nicke, als ob ich verstehen würde, was sie meint.

»Wenn ich irgend etwas wollte«, erinnert sich Andrea. »dann habe ich es einfach gemacht – bei acht Kindern hatte ich schließlich eine echt gute Chance, daß niemand etwas merkt oder daß zumindest keiner herausfindet, wer von uns der Täter war.«

Ich würde ihr gern erklären, daß sie als meine einzige Freundin meine volle Aufmerksamkeit genießt, daß ich ein großer Freund ruhiger, ausführlicher Diskussionen bin und daß mich ihre Dampfwalzenmentalität mitunter ganz schön kirre macht, aber das wäre wohl sinnlos. Sie ist so, wie sie ist. Aus mir könnte man ja schließlich auch nicht über Nacht eine Energiegranate und Plappertasche machen.

Nach einer Weile, als Krönung sozusagen, rückt Andrea dann plötzlich mit einem Plan heraus. Einem Anti-Waldorf-, einem Anti-Miriam-spielt-Mutter-Plan. Natürlich ist es ein Plan, der in ihrem eigenen Interesse liegt. Denn auch wenn sie meine Aversion gegen die Steiner-Kindergärten für völlig übertrieben hält, will auch Andrea verhindern, daß Miriam sich mehr als unbedingt nötig bei Paulchens Erziehung einmischt. Denn das soll ja schließlich ab sofort ihr Job sein, auch wenn sie das nicht explizit ausspricht.
Der Plan ist wahnsinnig: Er ist grotesk, völlig unlogisch, schlicht unglaublich – und da auch Miriam das alles ist, müßte er eigentlich klappen ... Halten Sie sich fest: Andreas Plan besteht darin, Miriam einen neuen Mann zu beschaffen! Wenn sie erst mal wieder einen Kerl zu terrorisieren hat, verliert sie bestimmt das Interesse an Paul. Es ist ein total typischer Andrea-Plan: Schließlich beinhaltet er die völlige Umkremplung eines fremden Lebens ...
Gerade als wir die Detailfragen erörtern wollen, schlurft Paulchen – seinen Stoffpinguin hinter sich über den Boden schleifend – in die Küche. Er kommt auf mich (!) zu, krabbelt auf meinen (!!) Schoß und drückt sich schlaftrunken an mich (!!!). Spiel, Satz und

Sieg: Das Kind kuschelt, die Frau lächelt gerührt zu uns herüber. *Ja!*

Als Andrea sich später zur Arbeit aufmacht, stehen Paul, ich und Pauls Pinguin gemeinsam an der Wohnungstür und winken ihr nach.
Ich könnte quietschen vor Glück!

25.

Paul und ich bauen gerade einen Duplo-Bauernhof, als dreimaliges brutales Klingeln einen weiteren Miriam-Überraschungsbesuch ankündigt. Vielleicht sollte ich ihr ein Handy schenken, damit sie mehr Lust aufs Telefonieren bekommt? Ich öffne die Tür, versuche sie grimmig anzuschauen, was sie geflissentlich ignoriert, und trotte ihr ins Wohnzimmer hinterher.

Paulchen stürmt auf sie zu, und zu meiner Überraschung nimmt Miriam ihn in den Arm und drückt ihn. Richtig herzlich, irgendwie. Dann deponiert sie das Kind aber schnell wieder auf dem Teppich und befördert einen zusammengefalteten DIN-A4-Umschlag aus ihrer Handtasche. »Ich habe alle Unterlagen besorgt. Du brauchst nur noch zu unterschreiben.«

Oh-oh!

Ich werfe nur einen kurzen Blick auf die Papiere, sehe das Logo der Rudolf-Steiner-Gesellschaft und schüttle so energisch wie möglich den Kopf: »Nein. Paul geht in die *Butterblume*!«

Noch während ich es ausspreche, merke ich, was für ein selten dämlicher Satz das ist. *Paul geht in die Butterblu-*

me. Aua! Unseriöser kann eine Diskussion über die Zukunft meines Sohnes wohl kaum beginnen.
»Die *Butterblume* ist der Kindergarten, in dem ich Paul bereits angemeldet habe«, versuche ich zu erklären und füge dann, wie ich finde, richtig spitzfindig hinzu: »Wie du sehr wohl weißt!«
»Hör zu«, giftet Miriam, »die Zeiten, in denen Paul hilflos deinen albernen Ideen ausgeliefert war, sind vorbei!«
Alberne Ideen?
»Ich möchte, daß *mein* Kind eine *Chance* im Leben hat. Ich *will*, daß Paul zu einem frei denkenden Menschen heranwächst, bei dem kein Potential brachliegt!«
Oh, mein Gott! Miriam zitiert die Steiner-Broschüre. *Wörtlich*! Und sie kommt sich nicht einmal blöd dabei vor. Wie zur Bestätigung, daß Paul jetzt eine Beschützerin hat, die ihn vor den unverantwortlichen Zugriffen seines indiskutablen Vaters beschützt, nimmt sie ihn auf den Arm. Dabei sieht sie das ungefüllte Ohrloch.
»Wo ist sein Ohrring?« zischt sie.
»In der städtischen Kanalisation. Hast du im Ernst geglaubt, ein zweieinhalbjähriges Kind würde so ein Ding einfach im Ohr stecken lassen? Er hat dran rumgepult und den Ohrring dann in die Toilette geschmissen.«
Das war gut! Eine Erste-Klasse-Lüge, spontan aus der Hüfte geschossen, nicht widerlegbar. Ein kleiner Sieg in einem großen Krieg.

Miriam beschließt, diesen Brocken zu schlucken und sich wieder den wichtigen Dingen zuzuwenden. Sie hält mir ein Formular vor die Nase, zeigt auf eine gestrichelte Linie und befiehlt: »Hier!«

Ich setze mich demonstrativ an den Eßtisch und sage: »Nein.« Keine lange Erklärung – einfach nur ein schönes, klares Nein!

Jetzt wird Miriam stinkig. Auch Paul schaut irritiert zu ihr auf, als sich ihre Stimme so gar nicht ladylike in schrille Sphären erhebt und sie regelrecht zetert: »Ich habe so was von die Schnauze voll! Ihr Männer glaubt anscheinend, Ihr könntet *alles* bestimmen! Ich will *nicht*, daß Paul mit irgendwelchen debilen Klempnersöhnen Bauklötzchen spielt!«

Was hat diese Frau eigentlich für ein Problem mit Klempnern?

»Ich *will*, daß mein Sohn geistig und kulturell gefördert wird! Und du, mein lieber Sebastian, wirst das *nicht* verhindern! Bislang habe ich *großzügig* einem gemeinsamen Sorgerecht zugestimmt – aber wenn du Streit haben willst, kannst du den bekommen! Also – unterschreibst du jetzt?«

»Ich unterschreibe *nicht*! Paul! Geht! In! Die! *Butterblume*!« Richtig betont ist das jetzt doch ein echt energischer Satz.

»Wenn du alle weiteren Diskussionen über die Zukunft unseres Kindes mit meinem Anwalt führen möchtest,

dann mach nur so weiter!« Spricht's und verschwindet mit einem lauten Türknall aus der Wohnung.
Paul sieht mich verdutzt an. »Miriam weg?« fragt er.
»Ja«, sage ich. »Miriam ist schon gegangen. Sie hatte es eilig.«
»Miriam gar nicht tschüs sagt«, bemerkt Paul.

Mein Gott, habe ich das eben alles richtig verstanden? Soll Paul etwa bei ihr wohnen? Will meine Exfrau mir das Sorgerecht für meinen Sohn wegnehmen?
Kann sie das?

26.

Als Andrea mir an diesem Abend alle Paulchen-Arbeit abnimmt, bin ich ihr wirklich dankbar. Sie spielt mit ihm, wäscht ihn und zieht ihm seinen Pyjama an, macht ihm Abendbrot und bringt ihn ins Bett. Selbst die Tatsache, daß Andrea heute schon eine kleine Reisetasche mit Klamotten und Toilettenartikeln dabeihat, deren Inhalt sie in meinem Schlafzimmer und im Bad verteilt, stört mich nicht. Ich brauche jetzt Zeit.
Wie ein Besessener surfe ich seit zwei Stunden durchs Internet und suche nach juristischem und menschlichem Rat. Ich stoße auf die Info-Seite einer Selbsthilfegruppe alleinerziehender Väter, die vor gruseligen Fallstudien nur so wimmelt: Depressive Mannsbilder heulen sich hier auf den Pinboards hemmungslos aus.
In einem Juristenforum treffe ich auf einen surfenden Anwalt, der mich bei einem kurzen Chat zumindest etwas beruhigen kann: Das gemeinsame Sorgerecht aufzulösen und es nur einem Elternteil zuzusprechen ist ein überaus komplizierter Vorgang, erfahre ich. Im Regelfall wäre so etwas nur bei einer beweisbaren Vernachlässigung der elterlichen Pflichten möglich. Zwar

würden nahezu alle Familienrichter dazu tendieren, sich auf die Seite der Mutter zu stellen, aber solange der Vater eine untadelige Erziehungsarbeit leistet, würde ihm niemand das Sorgerecht nehmen können. Aber, rückt der Internet-Jurist dann heraus, natürlich könne meine Exfrau problemlos darauf bestehen, daß Paul die Hälfte der Zeit bei ihr wohne.
Scheiße.

Als Paulchen schläft, reden Andrea und ich uns die Köpfe heiß. Es ist ein seltsames Gefühl: Zu 99 Prozent bin ich verzweifelt, aber zu einem Prozent ist es irgendwie auch toll. Es ist ein gutes Gespräch. Andrea ist total engagiert, liebevoll und energisch zugleich. Ihr liegt wirklich daran zu helfen. Und ich bin unsagbar glücklich, daß ich das alles nicht allein durchstehen muß.
»Vielleicht«, sagt Andrea, »solltest du dem Waldorf-Kindergarten zustimmen. Und dann beruhigt sie sich wieder.«
Ich schüttle den Kopf: »Nein. Erstens will ich wirklich nicht, daß Paulchen so ein nasenloser Blockflöten-Zombie wird, und zweitens kenne ich Miriam. Nach einem ersten Sieg dreht sie erst richtig auf. Ich wage gar nicht, mir vorzustellen, was ihr dann als nächstes einfällt. Mein Gott, ich kann mich noch daran erinnern, daß Miriam Scientology ›gar nicht so übel‹ fand!«
Wir grübeln und grübeln, reden und reden. Ich glaube,

an diesem Abend habe ich mehr gesprochen als im ganzen bisherigen Monat. Andrea nimmt zwischendurch immer wieder meine Hand. Und einmal, als ich mir gerade bildlich vorstelle, wie ich an einem Sonntag zu Miriam gehen muß, um meinen Sohn zu besuchen, und wie Paul mich reserviert begrüßt, fange ich sogar an zu weinen. Andrea nimmt mich in den Arm. Und es ist mir überhaupt nicht peinlich.

Am Ende beschließen wir, so schnell wie möglich einen guten Anwalt zu finden. Falls Miriam tatsächlich Ernst macht und es nicht einfach nur so eine wütend dahingesagte Drohung war, dann wären wir wenigstens schon mal vorbereitet. Andrea ist auch der Meinung, wir sollten weiterhin Plan B verfolgen – ihre Wir-verkuppeln-Miriam-Idee. Ich weiß nicht mehr so recht, ob ich das gut finde. Als es nur um diesen Waldorf-Unfug ging, fand ich's noch ganz amüsant. Jetzt erscheint es mir absurd, mit solch einem albernen Plan gegen die größte Katastrophe meines bisherigen Lebens anzukämpfen. Aber Andrea ist fest überzeugt, daß es klappen könnte. Und ihr Optimismus ist ansteckend. Ich meine, sie ist eine Frau, sie kennt sich aus mit solchen Sachen.

Hoffe ich jedenfalls.

27.

Andrea und ich haben Listen gemacht. Listen mit Männern, die wir uns als Ablenkungsköder für Miriam vorstellen können. Meine Liste ist kürzer. Es stehen nur zwei Namen drauf: Jens Decker und Bernhard Lipszinski.

Jens kenne ich schon seit Jahren, wir haben uns mal bei einer Videospielbörse kennengelernt und bei regen Diskussionen über Polygongraphiken und gerenderte Zwischensequenzen angefreundet. Die Leidenschaft für Playstations ist allerdings das einzig kindliche Element an Jens – ansonsten ist er zutiefst erwachsen. Er ist Anlageberater und ziemlich erfolgreich dabei. Er besucht einen Friseur, bei dessen Namen viele Leute wissend nicken, der also bekannter ist als jener »Herren- und Damenschnitt«-Schnipser, bei dem ich gelegentlich eine Sitzung habe. Und auch sonst ist Jens überaus repräsentativ. Miriam kennt ihn nur flüchtig – wir haben uns meist ohne sie in Kneipen getroffen oder bei ihm zu Hause ein paar Multiplayer-Duelle *Tekken 3* ausgefochten. Die zwei oder drei Male, wenn Miriam ihn gesehen hat, schien sie recht beeindruckt von ihm

gewesen zu sein. Als er einmal zu einer meiner Geburtstagspartys erschien, hatte ich sogar den Eindruck, sie würde ein wenig mit ihm flirten.
Andrea macht ein kleines Häkchen hinter seinen Namen. »Klingt gut«, sagt sie.
Über Bernhard weiß ich wenig. Er ist Fotograf und sieht blendend aus. Vielleicht reicht das ja schon? Andrea sieht den Namen und streicht ihn durch. »Schwul«, sagt sie. Sie kennt Bernhard von einem Wochenend-Shooting für ihre Agentur.
Auf Andreas Liste stehen acht Namen. Ich lasse mir zu jedem einzelnen etwas erzählen. Zwei scheiden schon mal aus: Der eine hat etwas Übergewicht – und das ist etwas, was Miriam mindestens so verwerflich findet wie die Mitgliedschaft in einer terroristischen Vereinigung. Der andere ist Geschäftsführer eines Großhandels für Klempnereibedarf.
Es bleiben sieben Namen, die wir nach dem Grad der wahrscheinlichen Tauglichkeit untereinanderschreiben. Jens steht auf Platz zwei. Ganz oben steht … warum bin ich nicht selbst drauf gekommen? Sven! Sven, der *Art Director* – ein selbstverliebtes Arschloch, dem keine Frau, die auch nur eine entfernte Ähnlichkeit mit Miriam hat, widerstehen kann.

28.

Heute ist Samstag. Andrea und ich sitzen bei einer zweiten Tasse Kaffee am Frühstückstisch, während Paul bereits in Jacke und Schuhen auf Miriam wartet. Es ist ihr Wochenende mit dem Kind. Wir befinden uns in einem Zustand gespannter Ruhe.
Gestern waren Andrea und ich bei einem Anwalt, der uns mehr oder weniger dasselbe sagte, was ich schon wußte: Miriam hat kaum Chancen, das alleinige Sorgerecht zu erhalten, sie kann aber auf eine strenge Auslegung des Begriffs »gemeinsam« pochen. Tatsächlich könnte sie exakt die halbe Zeit mit Paul einfordern. Wenn sie zum Beispiel beschließen würde, für drei Monate pro Jahr nach Marbella zu ziehen, müßte ich ihr Paul wohl oder übel mitgeben. Ich könnte im Gegenzug gern ein Vierteljahr mit ihm auf Mallorca verbringen. Aber was soll ich auf Mallorca?

Als es klingelt und ich Miriam hereinlasse, stehen sich Andrea und meine Exfrau im Flur gegenüber. Miriam ist cooler als der Eisberg, an dem einst die Titanic zerschellte. Sie schüttelt Andrea die Hand und sagt tat-

sächlich »Guten Tag.« Ganz förmlich und vermeintlich okay – aber Miriam sagt es in einem Tonfall, der mehr nach »Fahr zur Hölle« klingt.
Paulchen hopst fröhlich auf und ab, nicht ahnend, welche komplexen Probleme gerade zwischen seinem Vater und seinen beiden Müttern herrschen (er nennt Andrea schon seit zwei Tagen hingebungsvoll »Mama«, was mich ziemlich fuchst!). Er denkt wirklich, heute sei ein schöner Tag.
Miriam sagt so gut wie nichts. Kein Wort über Waldorf-Kindergärten, Sorgerecht oder die Plage Mann an sich. Sie nimmt Paul an die eine Hand, die Tasche mit seinen Sachen in die andere und geht.
Als die Tür ins Schloß fällt, seufzt Andrea erleichtert auf. Sie glaubt, Miriams kühles Schweigen sei Resignation. Ein Indiz, daß sie aufgegeben habe. Vielleicht habe sie selbst mit einem Anwalt gesprochen und erfahren, daß sie mir Paul nicht wegnehmen könne? Aber ich kenne Miriam besser. Es herrscht Ruhe vor dem Sturm.

Miriam gibt nie auf – momentan bereitet sie sich vor, richtet sich ganz langsam auf, wie eine Giftschlange, und visiert ihre Beute an. Es ist nur eine Frage der Zeit, bis sie sich plötzlich zischend mit ihren Zähnen in meine kleine Idylle bohren wird.
Miriam hat weiß Gott kein ernsthaftes Interesse an Paul. Sonst hätte sie ihn ja wohl kaum so früh schon ver-

lassen. Sollte sie wirklich einmal so etwas wie echte, warmherzige, mütterliche Gefühle besessen haben, hat sie sie vermutlich so lange meisterhaft verdrängt, daß sie sich irgendwann wegen akuter Vernachlässigung selbst aufgelöst haben. Aber Miriam kann nicht verlieren. Sie hat diese Geschichte – vielleicht ganz impulsiv und unüberlegt – ins Rollen gebracht, und jetzt gibt's kein Zurück mehr für sie. Wenn Miriam ein Auto wäre, käme sie nie durch den TÜV – sie hat keinen Rückwärtsgang und keine Bremse.

Miriam würde mir Paul schon aus Prinzip wegnehmen, um mich zu verletzen, um sich selbst zu beweisen, daß niemand stärker ist als sie. Gerade jetzt, wo Herr Frühstück sie abserviert hat, braucht sie einen Siegestaumel. Und sie denkt ganz sicher nicht darüber nach, wieviel Windelwechsel, Tränen, wache Nächte, Sorgen und Diskussionen dieser Sieg mit sich bringen würde. Miriam will mir einfach nur triumphierend den Mittelfinger zeigen können.

Andrea aber, in der irrigen Annahme lebend, Miriam sei so etwas wie ein normal funktionierendes menschliches Wesen, ist fest überzeugt, daß das Schlimmste vorüber sei. Vermutlich, denkt sie, werden wir nicht einmal Sven aktivieren müssen. Ich lasse ihr die naiven Träume – das böse Erwachen wird früh genug kommen.

29.

Die letzten Tage waren eine wahre Achterbahnfahrt. Und deshalb bin ich momentan denkbar glücklich, daß kein unvorhergesehener Vorfall meinen Frieden trübt. Von Miriam habe ich nichts mehr gehört. Sie hat Paul am Sonntag abend mehr oder weniger wortlos abgeliefert und ist danach in der Versenkung verschwunden. Langsam frage ich mich, ob Andrea womöglich recht hat. Hat Miriam entgegen ihrem Naturell etwa aufgegeben? Vielleicht hat sie ein Hobby gefunden, das sie vollauf beschäftigt – irgend etwas, was gutsituierte Vorstadttussis eben so treiben: Ikebana, Makramee, Yoga … Nein, das wohl doch nicht. Miriams poröser Geduldsfaden ließe das ganz sicher nicht zu. Sie würde ihrem Yoga-Guru wahrscheinlich entnervt die Augen auskratzen, wenn sie nicht binnen einer Viertelstunde den höchsten Grad der Erleuchtung und Entspannung erreicht hätte.

Es ist mir auch schnurz. Eine stille, unsichtbare Miriam ist eine gute Miriam. Und ohne die Bedrohung im Genick, die in letzter Zeit von ihr ausging, kann ich mich momentan völlig meinem neuen Familienleben widmen. Ja, ich sage Familienleben. Denn Andrea ist binnen zehn Tagen tatsächlich zu so etwas wie meiner zweiten Ehefrau mutiert. Ich habe keine Ahnung, wie das geschehen konnte – es ist einfach eine Tatsache. Aus der ersten Reisetasche mit Toilettenartikeln wurden kurz darauf zwei Koffer mit Klamotten, in meinem Küchenschrank stehen jetzt die meisten ihrer Kochutensilien, da sie meine Töpfe als minderwertig eingestuft hat, und Paulchen scheint sich nicht einmal mehr an die Zeit vor Andrea zu erinnern. Die beiden sind ein Herz und eine Seele.

Normalerweise ist eine Beziehung nach so kurzer Zeit noch im Aufbau. Man umkreist sich, lotet Dinge aus, es kribbelt und knistert, die Dinge sind spannend. Da Andrea aber offenbar jeden Geschwindigkeitsrekord in Sachen Liebe brechen will, hat bei uns nach noch nicht einmal zwei Wochen der erste Hauch von Routine Einzug gehalten. Gestern war die erste Nacht, in der wir nicht zusammen geschlafen haben. So was kommt vor, der erste Taumel der Geilheit läßt nach – aber so früh? Wir saßen auf dem Sofa, haben ferngesehen, sind ins Bett gegangen, und statt uns gegenseitig anzufassen, haben wir jeder nach einem Buch gegriffen. Als wäre das ganz selbstverständlich.
Ja, das war schön. Wirklich. Ganz ruhig und entspannt

und natürlich, und dann, als wir das Licht ausmachten und uns zum Schlafen zusammenrollten, war es wieder da – diese komische Gefühl, daß mir das alles zu schnell geht.

30.

Heute morgen, nach genau drei Wochen Beziehung, hatten Andrea und ich unseren ersten Streit. Ich nenne es einfach mal Streit, weil sie mir etwas vorzuwerfen hatte und ich deshalb zu schmollen anfing. Sie hat sich darüber aufgeregt, daß ich neue Klopapierrollen einfach nur auf den Fußboden stelle, anstatt sie in der dafür vorgesehenen Halterung zu befestigen. Ich habe ihr erklärt, daß diese blöde Halterung völlig überflüssig sei und sich in ihr bis zu dem Tag, an dem sie meine Wohnung okkupierte, noch nie eine Klopapierrolle befunden hätte. Eines führte zum nächsten. Sie kam zur obligaten Warum-pinkeln-Männer-im-Stehen?-Frage, wollte wissen, warum ich nie den Duschvorhang abwische und warum ich Töpfe immer zwei, drei Stunden in Spüliwasser einweiche, statt sie einfach abzuwaschen. Für Andrea war das alles natürlich nur eine Lappalie, und sie hatte es eine halbe Stunde später schon wieder vergessen – aber ich war echt genervt.

Ich bin's eigentlich immer noch.

Ja, das ist der Moment, in dem ich Ihnen eine weitere meiner Schwächen beichte: Ich bin höllisch nachtragend! Wenn Andrea jemals vergessen sollte, die blöde Klopapierrolle einzuhaken, dann werde ich ihr das knallhart an den Kopf werfen. Auch wenn wir mittlerweile über siebzig sind und sie keine Ahnung hat, wovon ich eigentlich rede.

Ich bin also ganz froh, daß ich gleich meine Ruhe haben werde. Miriam hat Paul übers Wochenende abgeholt – und wieder nicht mehr gesagt als »Hallo«, »Ist er schon angezogen?« und »Bis morgen abend«. Und Andrea zieht sich gerade die Jacke an, weil sie zwei Tage bei einem ihrer Brüder in Friesland verbringen will. Irgendein Familienfest.
Ich küsse sie zum Abschied eher beiläufig. Sie sieht verwirrt aus, schließlich hat sie unseren Streit gar nicht mehr auf der Pfanne – aber ich kann nicht aus meiner Haut: Die Frau, die da geht, ist die Frau, die mir vorhin meine Laune versaut hat. Sie wünscht mir trotzdem viel Spaß beim Klassentreffen. Das ist nämlich heute.

Ich habe, ehrlich gesagt, wenig Lust hinzugehen. Mein Kopf ist mit anderen Dingen voll – denn auch wenn ich mich zur Gelassenheit zwinge, das Sorgerechtsschwert kreist über meinem Kopf. Herauszufinden, was aus meinen ehemaligen Freunden wurde, aus meiner ersten Liebe und all den anderen, mit denen ich die Schulbank drückte, das erscheint mir momentan ziemlich unerheblich. Aber Andrea findet, es wäre eine nette Abwechslung – und außerdem ist sie, glaube ich, neugierig auf den Klatsch und Tratsch, den ich mitbringen werde. Sie mag es, wenn ich ihr von mir erzähle. Von meiner Vergangenheit und den Leuten, die ich mal kannte. Sie will mich besser kennenlernen – und weil ich ihr zugegebenermaßen nicht allzuviel Möglichkeiten dazu gebe, ihr aufgrund allgemeiner Wortkargheit kaum Einblicke in meine persönliche Geschichte gönne, hat sie mich mehr oder weniger genötigt hinzugehen.

Die nächsten zwei Stunden verbringe ich mit *Zelda*, einem Nintendo-Spiel. Wenn die ganze Welt ins Wanken gerät, lenkt mich nichts besser ab, als mit einem kleinen Zauberzwerg durch digitale Königreiche zu marschieren. Wenn ich hier einen Fehler mache, muß ich einfach nur zu meinem letzten Speicherpunkt zurückkehren und kann es einfach noch einmal versuchen. Und, wenn's sein muß, noch mal und noch mal und noch mal. Wenn die ganze Welt wenigstens ein bißchen was von Nintendo hätte, wäre Erfolg nur eine Frage der Zeit und der Geduld.

31.

Als ich die Tür des *Schwender's* öffne und durch den Zigarettenqualm die beiden langen Tische sehe, an denen sich bereits rund 15 meiner ehemaligen Mitschüler drängeln, wäre ich am liebsten sofort wieder gegangen. Ich gehöre hier nicht hin, ist der erste Gedanke, der mir durch den Kopf schießt. Da sitzen lauter ALTE LEUTE!

Nicht zum ersten Mal werden Sie sich nun vielleicht fragen, warum ich schon wieder ein Problem habe. Aber, hey, diesmal kann ich es begründen!
Mein Problem besteht darin, daß ich nur theoretisch weiß, wie alt ich bin. Streng mathematisch befinde ich mich auf der Schwelle zu meiner zweiten Lebenshälfte. Aber rein gefühlsmäßig betrachte ich mich als extrem haltbares Kind. Ich bekomme tatsächlich immer noch einen Schreck, wenn mich irgendwelche Teenager, die mich auf der Straße nach der Uhrzeit fragen oder um eine Zigarette anschnorren, siezen. Mein Gott, ich habe heute anderthalb Stunden damit zugebracht, in meinem *Zelda*-Spiel den dritten heiligen Stein des Kö-

nigreichs Hyrule zu finden – und jetzt soll ich einfach die Tatsache schlucken, daß ich genauso alt bin wie … wie DIE DA!

Ich sehe Stirnglatzen! Frauen, deren Frisuren an Mutter Beimer erinnern. Bierbäuche und Krähenfüßchen. Ich sehe, man kann's nicht anders sagen, Verfall!

Nein, damit will ich nichts zu tun haben.

Ich will tatsächlich wieder gehen, drehe mich schon um, als eine Stimme meinen Namen kreischt: »Bastian! Hier sind wir! Hallo, Sebastian!« Die Frau, zu der diese hochfrequente Stimme gehört, ist mir völlig fremd. Ein hageres Geschöpf mit rotgefärbter Dauerwelle. Sie springt auf und hopst mit unpassend jugendlichen Bewegungen auf mich zu. Ich muß sie wirklich blöd angeglotzt haben, denn sie lacht und sagt: »Du erkennst mich nicht, was? Susanne! Susanne Kalweit-Armgard. Das heißt«, kichert sie jetzt, »damals natürlich nur Susanne Kalweit.«

Aha, die Vorsitzende des »Festkomitees«.

Ich habe in den letzten Tagen wirklich versucht, mich an sie zu erinnern, aber es ist mir nicht gelungen. Jede Schulklasse hat seine Typen: Es gibt die Supersportler, die schrägen Typen (zu denen wohl Ines, Bea, Didi und ich zählten), die Streber und ein paar andere, die aus besonderen Gründen in der Erinnerung klebenbleiben: Mark mit der Hasenscharte oder der doofe Ludger, der tatsächlich in der neunten Klasse noch jemanden such-

te, der Autoquartett mit ihm spielt. Susanne Kalweit-Armgard (damals nur Kalweit) aber gehörte offenbar zu jenem Bodensatz völlig unspektakulärer Figuren, die nichts Besonderes waren, nicht einmal Besonders bescheuert. Ich lächle gezwungen. »O ja. Hi! Mensch, ich hab' dich erst gar nicht erkannt.«
Susanne kichert schon wieder und fluscht mit den Händen in ihren Locken herum: »Ja, damals war ich noch brünett und hatte glatte Haare. Und«, jetzt streift sie sich über ihre nahezu inexistenten Hüften, »damals habe ich auch noch etwas mehr gewogen. Hihi.«
Sah bestimmt besser aus als jetzt. Weil, schlimmer geht's nicht.
Ich grinse immer noch schief und lasse mich von ihr zu den Tischen ziehen. Mann, was für ein Anblick! Da sitzt Stephan, einstiger Mädchenschwarm, den mittlerweile eine unangenehm glänzende, rotadrige Nase ziert, die vermuten läßt, daß er vom fröhlichen Biergenießer zum emsigen Fuselschlucker aufgestiegen ist. Da ist Anja – in der Schule noch ein unheimlich süßes, kleines, zierliches Wesen –, die nach der Geburt von mindestens drei Kindern (»Vier, die letzten beiden waren Zwillinge, ist das nicht irre?«) nun an einen Germknödel erinnert.
Aber es sind nicht diese Anblicke, die mich frustrieren. Es ist vielmehr die Tatsache, daß ich tief in meinem Innersten weiß, daß ich selbst nicht stilvoller gealtert bin.

Ich zeige, obwohl ich eigentlich kein Übergewicht habe, mittlerweile eine Tendenz zum Doppelkinn, was ich einem grausamen Spannkraftsverfall meiner Haut zuschreibe. Ich habe schon vor zwei Jahren meine ersten grauen Haare entdeckt. Und mein Arsch … tja, wie soll ich sagen … Er beginnt eindrucksvoll die Theorie der Erdanziehungskraft zu belegen. Wahrscheinlich denkt Susanne Kalweit-Armgard (damals nur Kalweit) just in diesem Moment: *Oh, mein Gott. Ist unser kleiner Anarcho aber alt geworden!* Und dann sehe ich, hinten in der Ecke, Ines sitzen. Meine erste Liebe! Sie lächelt mich an, wie schon damals ein klein wenig arrogant, so als würde sie mir sagen: *Schau dir das an, Basti. Was machen wir in dieser Freakshow?*

Ines sieht toll aus. Ihre Augen grün funkelnd wie eh und je, ihre einst lange Mähne ist auf eine aparte, wohlgestaltete Kürze gekappt. Sie trägt ein Kostüm, das ziemlich teuer aussieht. Und jetzt zwinkert sie mir zu, genau so schelmisch wie früher!

Mittlerweile sind zwei weitere Leute eingetroffen, die von Susanne aufgeregt begrüßt werden. Ich kann mich also ungestört zu Ines begeben, mir einen Stuhl heranziehen und mich zu ihr setzen.

»Hallo«, lächelt sie. Diese Augen! Und sie riecht auch noch verdammt gut …

»Hi«, grinse ich zurück.

»Ich hätte nicht gedacht, daß du kommst.«

»Reine Neugier«, gebe ich zu und zucke entschuldigend mit den Achseln.

Ein paar Sekunden schweigen wir. Dann lächelt Ines wieder. »Ziemlich bizarr, mh?«

»Ja«, stammle ich jetzt etwas unruhig. »Wir haben uns wirklich lange nicht mehr gesehen.«

»Ich meine nicht uns. Ich meine … *das* alles hier«, seufzt Ines und wedelt mit der Hand in die Richtung unserer ehemaligen Klassenkameraden – immer noch lächelnd, aber ein klein wenig gemein. Ich muß die Zähne fest zusammenbeißen, um nicht laut loszulachen und Ines dann anzuflehen, mir bitte zu bestätigen, daß wir nichts, aber auch wirklich gar nichts mehr mit diesen Leuten zu tun haben.

»Tja«, brabble ich statt dessen einfach los, »wir sind eben alle irgendwie älter geworden.«

Ines' Augen verengen sich in Sekundenbruchteilen; nicht gerade zu zwei Schlitzen, aber doch merklich. Fettnäpfchen-Alarm!

»Äh, ich meine, du natürlich nicht. Du siehst *fabelhaft* aus. Ich, äh …« Reiß dich zusammen, Hansen!

Ines lächelt milde und geht ganz souverän über meinen Fauxpas hinweg, beugt sich ein wenig zu mir vor und klingt jetzt ernst: »Hast du das von Didi gehört?«

»Nein. Was?«

»Knast«, sagt Ines. »Acht Jahre wegen Körperverletzung. Hat im Suff seinen Mitbewohner in der WG halbtot geprügelt. Mußte im Gefängnis erst mal einen Entzug machen. Jetzt macht er von seiner Zelle aus ein Fernstudium in Sozialpädagogik.«

Traurig. Aber, wenn ich ehrlich bin, nicht sehr überraschend – Didi war schon damals nur bis zu einem gewissen Promillegehalt der liebste Mensch der Welt. Danach konnte man nur noch in Deckung gehen.

»Und was machst du so?« frage ich Ines, diese eine erste Liebe meines Lebens, meine engagierte Revoluzzerbraut. Und sie antwortet stolz: »Unternehmensberatung. McKinsey.«

Ah ja …

32.

Eine halbe Stunde später ist mein Entsetzen über die gruselige Verwandlung unserer alten Schulklasse völlig verschwunden. Jetzt könnte Ludger hereinkommen und uns alle mit einer Pump Gun im Anschlag zu stundenlangem Autoquartett-Spielen zwingen – ich wäre völlig gelassen. Mein gesamtes Schockpotential konzentriert sich auf Ines. Was ist bloß aus ihr geworden? Erinnern Sie sich? Sie wollte hoch einsteigen und dann das System von innen bekämpfen. Hoch eingestiegen ist sie, das Kämpfen hat sie vergessen. Letzte Woche, erzählt sie mir gerade, mußte sie fünfzig Mitarbeiter eines Versicherungskonzerns feuern. »Das geht einem schon an die Nieren«, sagt sie. Aber ehrlich gesagt sieht Ines gerade nicht so aus, als ob das stimmen würde. Sie erzählt mir von ihren Firmenanteilen, von irgendwelchen Seminaren auf Barbados und daß sie, wenn alles gutgeht, in zwei Jahren Teilhaberin bei McKinsey ist. Während sie so schwadroniert, kippe ich ein Bier nach dem anderen in mich hinein. Mittlerweile dürften es schon fünf sein.

»Und du? Womit verdienst du dein Geld?« fragt Ines

jetzt. Aber es ist offensichtlich, daß es bloß geheucheltes Interesse ist, jetzt da sie ihre Erfolgsstory ja bereits losgeworden ist.

»Ich habe so einen kleinen Laden auf dem Kiez, der Tätowierungen entfernt«, behaupte ich, ohne rot zu werden. »Wenn irgend jemand sich den Namen seiner Liebsten auf den Arm tätowiert hat, dann aber irgendwann eine Neue abschleppt, dann löschen wir die Vergangenheit wieder aus.«

Ines sieht mich irritiert an. Ich glaube, sie hält das wirklich für möglich. Wenn ich in einer der Firmen arbeiten würde, die sie gerade berät, würde ich morgen wohl gefeuert werden. Die Situation wird mir immer unangenehmer. Herrgott, hilf!

Und dann, ganz plötzlich, schlingen sich von hinten zwei Arme um meinen Hals, und ich spüre einen dicken, ruppigen Kuß auf meiner Wange. »Venceremos!« lacht eine Stimme, die ich sofort erkenne: Bea! Ich drehe mich um ... und staune.

Bea, das kleine Punkgirl, ist eine richtige Frau geworden. Die Haare zwar immer noch schwarz gefärbt und voller Gel, die Augen immer noch von zuviel Kajal umrandet – aber dabei überaus attraktiv. Sie trägt Jeans, Turnschuhe und ein Tournee-Sweatshirt der Band *Chumbawamba*, das einen grotesk verzerrten Säugling zeigt, dessen verbeulte Stirn direkt auf Beas üppigem Busen thront. Ich bin bereits so angetrunken (und zudem unendlich erleichtert, eine Ines-Pause zu bekommen), daß ich ungelenk aufspringe und Bea stürmisch umarme. Ines sieht uns kühl lächelnd an – ein ganz klein wenig pikiert, aber gleichzeitig demonstrativ über den Dingen stehend.

Über den Rest des Abends kann ich keine übermäßig präzisen Aussagen mehr machen. Ines ist irgendwann gegangen (ich weiß, ehrlich gesagt, nicht einmal mehr, ob sie sich von mir verabschiedet hat), und ich habe eigentlich nur mit Bea geredet. Geredet und gelacht. Geredet, gelacht und getrunken. Viel getrunken.

Bea ist tatsächlich Physikerin geworden. Sie hat vor zwei Jahren ihren Doktor gemacht und schießt jetzt im Forschungszentrum DESY oder beim Max-Planck-Institut oder was weiß ich wo irgendwelche Quarks durch die Gegend und sucht neue Erkenntnisse über Protonen. Oder Elektronen … na ja, irgendwelche Tronen eben. Ich hätte all das, was sie mir da erzählte, nicht einmal nüchtern verstanden. Aber es klang so ungleich viel netter, argloser und liebenswerter als die Aktienpakete von Ines.

Und irgendwann haben wir dann geknutscht. Keine Ahnung, wie das anfing. Ehrlich. Aber wir knutschten so richtig heftig und meine Hand drückte die deformierte Stirn des *Chumbawamba*-Babys, das heißt natürlich Beas Busen darunter, und dann sind wir, kichernd wie die Blöden, Arm in Arm aus der Kneipe herausgetorkelt. Ich weiß noch, wie ich beim Herausgehen einen Lachkrampf bekam, weil ich Ludger sah, den Quartett-Jungen, der mittlerweile zwei Zentner wiegt, einen Schnurrbart hat und in dessen Tasche deutlich sichtbar eine *Auto Bild* steckte.

33.

Sieben Stunden!

Ich schwöre: sieben Stunden! Mit kurzen Verschnauf-und-Dös-Phasen zwischendurch, zweimal Kaffee, eine Tüte Kartoffelchips, dreimal Pinkeln, einmal Zähneputzen.

Sieben Stunden haben wir uns in Beas bemerkenswert großem Bett gewälzt und Dinge gemacht, die ich bislang nur aus Pornofilmen kannte.

Ich bin, wie Sie ja schon wissen, kein überdurchschnittlich erfahrener Liebhaber. Aber ich denke, auch genital weitaus versiertere Zeitgenossen als ich würden bei Beas unbekümmerten sexuellen Aktivitäten noch einiges dazulernen. Etwa um zwei Uhr nachts drückte sie mir zum Beispiel einen Vibrator in die Hand, was mich zuerst ziemlich irritierte. Aber dann fand ich's schon bald recht amüsant, mit diesem surrenden Etwas an ihr herumzufuhrwerken, und schließlich, als Bea es sichtlich und hörbar genoß, fand ich's sogar richtig geil. Ich glaube, viele Frauen wären erstaunt, wie bereitwillig Männer sie mit dem Vibrator verwöhnen würden. So

was macht uns Kerlen wirklich Spaß – ist irgendwie wie Matchboxauto-Fahren auf besonders schön modellierten Strecken. *Brmmmmm, brmmmmm.*
Irgendwann, als die Sonne sich schon aufs Aufgehen vorbereitete, schliefen wir dann doch noch ein.

Jetzt ist es zehn Uhr und ich – von Paul längst der Fähigkeit zum Langschläfertum beraubt – richte mich auf. Bea schnorchelt noch neben mir.
Um ehrlich zu sein: Sie schnarcht ein bißchen. Ihr Kajalstrich ist zu zwei dicken Farbklößen unter ihren Augen mutiert, ihr Haar ist versträhnt, und ich sehe einen Hauch von Orangenhaut an dem Oberschenkel, der aus der Decke herausschaut. Aber ich finde Bea in diesem Moment schön.
Richtig schön.
Es wäre mir lieber, ich würde sie anschauen und *O mein Gott, was habe ich getan?* denken können. Ich hätte jetzt gern einen schweren Kater, damit ich nachdrücklich spüren würde, daß der Alkohol mich zu dieser dummen Tat getrieben hat. Ich würde jetzt gern aufstehen können, hinausschleichen, mich nie wieder bei ihr melden und mir wie ein richtiges Schwein vorkommen. Aber statt dessen sitze ich da. Schaue sie mir an. Gebe ihr schließlich einen Kuß auf die Wange und bereue gar nichts.
Absolut nichts!

Zugegeben: Ich fühle mich unwohl. Und zwar weil ich mich – wieder mal – in eine reichlich ätzende Situation katapultiert habe. Aber ich würde keine Minute dieser sieben Stunden missen wollen.

34.

Erst als ich zu Hause unter der Dusche stehe, wird mir die ganze Tragweite der Situation bewußt. Vor noch nicht allzu langer Zeit habe ich nichts mehr gehofft, als Andrea endgültig erobern zu können.
Gestern noch habe ich an nichts anderes gedacht als an Miriam, die mir meinen Sohn zu rauben ankündigte. Und ich war glücklich, nein: überglücklich, daß Andrea mir bei dem bevorstehenden Krieg gegen meine Exfrau als Verbündete zur Seite steht.
Vor ein paar Tagen noch habe ich mich frühmorgens wohlig in den Laken geräkelt, während Andrea mich lustvoll bearbeitete, und war zutiefst erfreut, daß meine viel zu lange dauernde Zeit der sexuellen Askese zu Ende war. Und auch wenn ich nie ganz das mulmige Gefühl losgeworden bin, daß ich nur das zweitrangige Interesse meiner neuen Freundin bin, nur ein Teilaspekt ihres großen Familienplans, so war ich doch glücklich. Nichts ist perfekt, dachte ich. Bei Andrea habe ich Geborgenheit, Freundschaft, Zärtlichkeit und Unterstützung. Daß ich manchmal das Gefühl habe, mir außerdem eine Gouvernante eingehandelt zu ha-

ben, war ein Minuspunkt, den ich bereitwillig ertragen wollte. Bis gestern.
Jetzt weiß ich nicht mehr, was ich will.
Habe ich mich jetzt in Bea verliebt? Wohl kaum. Ich meine, sieben Stunden exzessiven Herumgevögels und totale, unkomplizierte Entspanntheit sind toll. Aber eigentlich weiß ich über Bea, die neue Bea, die 33jährige Physikerin Bea, überhaupt nichts. Trotzdem möchte ein Teil von mir – und ich rede nicht bloß von jenem physisch greifbaren Teil, der sich just in diesem Moment, da ich an sie denke, wieder munter aufrichtet –, ein Teil von mir möchte nicht wieder auf sie verzichten.

Ich steige aus der Dusche, trockne mich ab, ziehe meinen Bademantel an und tue, was Männer in solchen Situationen immer tun: Ich versuche, die Sache logisch anzugehen.
Erstens: Weiß ich überhaupt, ob Bea mich wiedersehen will? Ich glaube, ja. Aber wirklich wissen tue ich es natürlich nicht. Hm ...
Zweitens: Will Bea jetzt eine feste Beziehung mit mir haben? Mmh ... Nein, ich kann es mir eigentlich nicht vorstellen. Jedenfalls nicht mit einem alles in allem doch drögen Vatertyp wie mir. Haben wir gestern überhaupt über Paul gesprochen? Ja, ich habe erwähnt, daß ich einen Sohn habe. Sie hat gefragt, wie alt er sei. Wollte sie seinen Namen wissen? Nein. Wäre Bea eine

gute Mutter? Äh … wohl kaum. Genau das ist es ja, was mich so an ihr anmacht: Sie ist so unvernünftig, spontan und zutiefst unerwachsen.
Drittens: Will ich die nächsten Jahre eine feste Beziehung mit Andrea und dabei heimlich hin und wieder mit Bea herummachen? Klingt verlockend – aber, nein. Dafür bin ich nicht der Typ. Ich lüge schlecht, ich mag niemandem weh tun, und ich hasse Komplikationen aller Art.
Noch mal drittens: Will ich meine Beziehung zu Andrea aufs Spiel setzen? Ganz entschieden: *nein!* Ich liebe Andrea, das ist mir in den letzten Tagen nun wirklich klargeworden. Wenn auch mit Widerhaken.
Wenn ich eine Frau wäre, würde ich versuchen, mir Andrea hinzubiegen, bis sie wirklich meiner Idealvorstellung entspricht. Frauen machen das bei Männern immer so. Aber im männlichen Verhaltensmuster ist das nicht vorgesehen: Wir nehmen Frauen einfach so, wie sie sind, weil wir uns viel zu gern über ihre Macken ärgern.
Logische Konsequenz: Das war's mit Bea! Es gibt keine rationale Basis für sie und mich. Spätestens in ein paar Monaten, wenn ich den Rest ihres phantasievollen Repertoires kennengelernt habe, würde ich wieder dasselbe wollen, nach dem ich schon vorher gegiert habe: eine echte, verläßliche, beruhigende Partnerschaft. Aber andererseits: Wann habe ich mich das letztemal so

wild, so munter, so wunderbar widersinnig und lebendig gefühlt? Als ich siebzehn war?

Was wird passieren, wenn ich das nächstemal Sex mit Andrea habe – langweile ich mich dann? Denke ich dabei an Bea?

Wo ist hier der Notausgang?

35.

Später am Nachmittag bringt Miriam Paul zurück. Ich fertige sie kühl an der Wohnungstür ab. Auf eine Diskussion, ganz gleich welcher Art, habe ich wirklich keine Lust. Paul ist müde, aber scheinbar zufrieden. Zum Abschied gibt er Miriam ein Küßchen. Von mir bekommt sie einen bösen Blick.

Zwei Stunden später, als Paulchen schläft und mir lästigerweise Ernies Quietscheentchen-Lied, das wir gerade auf Video gesehen haben, im Kopf herumgeistert, klingelt das Telefon. Es ist Bea, die mir nur um Minuten zuvorgekommen ist.
»Hallo, Basti!« Ihr Stimme klingt aufgekratzt.
»Bea. Hi! Ausgeschlafen?«
Sie lacht. »Bis vier!« Glückliche kinderlose Menschen.
»Das war eine tolle Nacht«, sagt Bea.
»Ja. Sehr … äh, lehrreich.«
Bea lacht jetzt laut. »Und wo das herkommt, gibt's noch mehr. Hast du morgen abend schon etwas vor?«
Ich zögere. »Weißt du, Bea … *äh* … ich habe dieses Ba-

bysitter-Problem. Hin und wieder muß ich abends mal selbst zu Hause bleiben. Wie, *äh* ... wär's mit Mittwoch?«

»Mittwoch ist cool. Treffen wir uns in einer Kneipe ... oder gleich bei mir im Bett?«

»Kneipe«, sage ich. »Zumindest erst mal.« Was habe ich da gesagt? Oh, mein Gott!

»Um acht im *Maybach*?« fragt Bea.

»Gut. Also, bis dann ...« Ich will schon auflegen, als ich ihre Stimme noch einmal höre.

»Ach übrigens, Basti ... ich habe vorhin noch ein Stückchen pappigen Kartoffelchip in meinem Schamhaar gefunden.« Sie lacht.

»Äh. Ja. Also, bis Mittwoch.« Ich lege auf. Und bin verlegen. Wahrscheinlich bin ich doch verklemmter, als ich dachte.

Mittwoch also. Mit einer Schonfrist. Ich habe am Anfang ein bißchen Kneipenzeit, während der ich mit Bea reden und mir selbst über alles ein bißchen klarer werden kann. Und ich werde diesmal nur Apfelsaftschorle trinken, denn irgendwie habe ich das Gefühl, daß es ein ziemlich wichtiges Gespräch wird.

Zwei Minuten später klingelt das Telefon erneut. Es ist Anita. Sie will nur wissen, wie es mir geht. Ich bin noch wortkarger als sonst, erzähle nichts von Miriams Sturmangriff, und natürlich schon gar nichts von Bea.

Am liebsten hätte ich ihr natürlich mein Herz ausgeschüttet und mir Rat geholt, aber Anita ist meine Schwester und, vor allem, eine Frau. Es geht also nicht. In Momenten wie diesen wünsche ich mir, ich hätte einen »besten Freund«. Jemanden, mit dem ich alles, wirklich alles bis zur Besinnungslosigkeit zerquatschen könnte. Frauen haben immer eine beste Freundin. Der Schriftsteller Kurt Vonnegut hat das mal sehr schön auf den Punkt gebracht. *Ich verstehe gar nicht, warum immer alle vom Mysterium Frau reden*, schrieb er. *Tatsache ist, daß man Frauen in einem Satz erklären kann: Sie wollen in ihrem Leben mit so vielen Leuten wie möglich sprechen.*
Männer sind anders. Sie wollen alle Probleme am liebsten in sich hineinfressen. Aber das gelingt nur in den seltensten Fällen. Meistens kauen sie ewig lange mürrisch auf ihnen herum, schieben sie genervt von einer Backe in die andere. Deshalb versteht man sie so schlecht, weil statt klarer Sätze nur problemverklebtes Gemurmel herauskommt. Einige gießen literweise Bier nach, damit die Probleme endlich herunterrutschen, andere schreien wild herum, damit sie in kleinen Bröckchen herausfliegen. Bei mir liegen sie einfach nur so im Mund, bis sie hoffentlich irgendwann vergammeln. Oder bis ich dran ersticke.
Gut, daß Paul einen festen Schlaf hat. Denn das Telefon klingelt schon wieder.
»Hallo, Schatz. Ich bin's.«

»Hallo, Andrea. Na, schönes Wochenende gehabt?«
»Wild! Meine Schwägerin ist schon wieder schwanger und hat alle halbe Stunde kotzen müssen. Ralf«, das ist ihr Bruder Nummer drei, »hat sich eine 1000er Yamaha gekauft, und Verena«, das ist Ralfs Ehefrau, »will jetzt, daß er eine Lebensversicherung abschließt. Was ihn total wütend macht. Lea und Pascal«, zwei der zahllosen Kinder in Andreas Sippe, »hatten gerade die Windpocken. Angeblich ist alles schon vorbei, aber ich habe sie extra nicht angefaßt, damit ich nicht Paul noch aus Versehen anstecke. Und …«
So geht's eine Weile weiter. Andrea klingt wie eine Sensationsreporterin, die gerade von einer Pressekonferenz der Waltons zurückkommt. Wenn ich ihr so zuhöre, verstehe ich all das Brimborium, das sie um Paul anstellt. Sie ist ein Großfamilienkind. Nur ein einziges kleines Würmchen zu versorgen erscheint ihr vermutlich absurd läppisch. Sie hat wahrscheinlich die genetisch bedingte Versorgungsenergie für ein halbes Dutzend Kinder.
Wir reden noch ein Viertelstündchen. Das heißt: Ich höre ihr noch ein Viertelstündchen zu. Dann verabreden wir uns für den nächsten Tag. Ich bitte sie, mir Paul ab vier abzunehmen, da ich einen Termin bei einem neuen potentiellen Auftraggeber habe.
»Ich liebe dich«, sagt sie am Schluß.
»Ich dich auch«, antworte ich. Und auch wenn Sie es

mir nicht glauben, wenn ich es mir selbst nicht erklären kann – es stimmt!

Ich mache mir eine Tiefkühllasagne, schaue mir einen *Tatort* an (und frage mich wieder mal, auf welcher Müllkippe die eigentlich immer diese hirnlosen Drehbücher finden), schaue dann noch einmal nach Paul und gehe schließlich um zehn ins Bett. Ich schlafe überraschend schnell ein.

Die Erschöpfung der Schweinehunde.

36.

Ich habe einen neuen Job – und der ist klasse! Ich soll die Rückseitentexte für Videohüllen schreiben. Das heißt: Ich bekomme Wochen vor der Veröffentlichung die Filme nach Hause geschickt, schaue sie mir an und formuliere dann ein paar Sätzchen, die den geneigten Videothekenkunden anmachen sollen. Und bezahlt wird's auch ganz ordentlich!

Während ich im Büro der PR-Frau des Videoanbieters sitze, ist Andrea mit Paul einkaufen gegangen. Sie wollte im Schlemmermarkt von Karstadt an der Mönckebergstraße ein paar ganz besondere Zutaten kaufen und mich heute abend mit einem Überraschungsessen verwöhnen. Dazu können wir uns dann einen der drei Filme ansehen, die ich zuerst betexten soll. Ich schätze *Der Katzenmann* könnte Andrea gefallen – ist so etwas wie *Der Pferdeflüsterer*, nur eben mit Katzen.
Ich habe richtig gute Laune.
Bis ich zu Hause ankomme.
Gerade als ich die Haustür aufschließe, hält direkt hinter mir an der Straße ein Polizeiwagen. Zwei Polizisten

steigen aus, der eine hält einen völlig verheulten Paul an der Hand. Als Paulchen mich sieht, reißt er sich los, stürmt auf mich zu und klammert sich schlotternd und wimmernd an meine Beine.

Was ist hier los?

Ist er verletzt?

Wo ist Andrea?

Ich nehme meinen Sohn schnell auf den Arm, taste ihn hektisch ab, schaue ihm ins Gesicht. Paulchen drückt sich fest an mich, schlingt mir beide Arme um den Hals und schluchzt.

Der eine Polizist spricht mich an. »Sind Sie, *äh* ... Papa Sebastian?«

Ich blinzle irritiert. »Ja.«

»Gut, daß Sie Ihrem Sohn seine Adresse beigebracht haben. Wir sind in der Spitalerstraße buchstäblich über ihn gestolpert. Er hörte einem Akkordeonspieler zu – und es war niemand da, der sich um ihn gekümmert hat.«

»Meine Freundin war mit ihm unterwegs«, stammle ich.

»Tja«, muffelt der zweite Polizist, »sieht so aus, als sei sie keine besonders gute Aufpasserin.«

Oh, mein Gott! Irgendwo irrt jetzt Andrea herum, völlig verzweifelt!

Die beiden Ordungshüter steigen wieder in ihr Auto. Ich rufe ihnen noch ein »Danke! Vielen Dank!« hinterher und sause mit Paul im Arm die Treppe zu meiner Wohnung hoch, schnappe mir das Telefon und wähle Andreas Handynummer. Sie nimmt nach dem zweiten Tuten ab.

»Andrea?«

Sie japst. »Ja?«

»Ich bin's, Sebastian. Paul ist bei mir. Sie haben ihn gefunden.«

»Gott sei Dank!« Andrea atmet hörbar aus und zieht dann ebenso lautstark die Nase hoch. Man kann hören, wie verheult sie aussehen muß.

»Ich hatte solche Angst! Er war plötzlich weg, und ich hab' wirklich nur eine Sekunde ...«

»Komm nach Haus«, sage ich ganz ruhig. »Ich mach' dir einen Tee.«

37.

Als Andrea die Tür aufschließt, rennt Paul los, schreit »Mama!« und fällt Andrea in die Arme. Sie weint, drückt ihn fest an sich und küßt ihn, küßt ihn immer wieder – auf die Augen, die Nase, Wange und Stirn, so als müßte sie jeden Zentimeter von ihm mit ihrer Liebe markieren.

Ich bin gerührt. Ehrlich! Jetzt finde ich es sogar irgendwie süß, daß Paul sie als Mama betrachtet. Und ich bin Andrea überhaupt nicht böse.

Natürlich wäre ich es, wenn Paulchen etwas geschehen wäre. Dann würde ich ihr auf ewig Vorwürfe machen und behaupten, daß es eine unverzeihliche Schlamperei sei, ein Kind beim Einkaufsbummel zu verlieren, und daß mir das nie passieren könnte. Aber natürlich weiß ich, daß das nicht stimmt. Kinder sind wendig wie Kaulquappen, schnell wie Hochleistungssprinter und mit einem untrüglichen Gespür für jene paar Sekunden ausgestattet, in denen sie gerade mal keine hundertprozentige Überwachung genießen.

Ich finde es irgendwie sogar erfreulich, daß das passiert ist. Denn es hat Andreas Heiligenschein als Überglucke

zu einer ersten Delle verholfen. Es hat sie so menschlich gemacht. Und noch menschlicher finde ich es, wie sie jetzt hemmungslos weint, wie sie – mit Paul auf dem Arm – zu mir kommt, sich aufs Sofa plumpsen und sich in den Arm nehmen und trösten läßt. Es tut wirklich gut, mal der Starke sein zu dürfen, der großzügige Vergeber, der, an den man sich anlehnen kann. Und die Tatsache, daß meine verheulte Andrea sich ihre Jacke nicht ausgezogen hat und nun mit ihr ein paar kleine Schmutzflecken auf der Sofalehne produziert, gefällt mir besonders. Das ist für sie ein wahrhaft radikaler Akt der Unbesonnenheit und Unvernunft, wohl das Anarchischste, was man bei Andrea erwarten darf.
Paul, erzählt sie jetzt, ist ihr ausgebüxt, als sie gerade an einem Imbißstand ein Würstchen für ihn kaufen wollte. Im Gedränge reichten schon dreißig Meter, um ihn völlig aus dem Sichtfeld zu verlieren. Fast eineinhalb Stunden lang hat sie ihn verzweifelt gesucht, hat sogar ein paar Passanten zu Hilfstruppen formiert – aber sie alle haben ein verängstigtes und verheultes Kind gesucht. Und keiner ist natürlich auf die Idee gekommen, daß der kleine Knirps, der mit großen Augen und ganz friedlich lauschend beim Straßenmusikanten stand, das Objekt ihrer Suchbegierde sein könnte.
Paul ist natürlich noch zu klein, um uns genau beschreiben zu können, was ihm während seiner Flucht so alles passiert ist. Aber aus seinem Gebrabbel können Andrea

und ich uns ziemlich gut zusammenreimen, daß er sich prächtig amüsiert hat. Bis die Polizei kam. Die hat ihm angst gemacht.

Jetzt, denke ich, ist alles wieder gut. Die erste Bewährungsprobe für unsere neue Kleinfamilie haben wir überstanden. Paulchens Eskapade hat keinerlei Langzeitwirkung.

Ich ahne ja nicht, wie falsch ich da liege. Wie entsetzlich falsch.

38.

Okay, ich gebe es zu: Ich habe mir eine Liste gemacht. Und zwar eine Liste, was mir an Andrea gefällt und was mich stört.
Um's gleich vorwegzunehmen: Die Pluspunkte überwiegen. Das wirklich Seltsame aber ist, wie viele Dinge in meiner mentalen Liste ich weder als gut noch als schlecht kategorisieren kann. Ich weiß einfach nicht, was ich von ihnen halten soll. Ratlosigkeit, dein Name ist Hansen!
Fangen wir mit den eindeutig guten Dingen an: Gestern haben wir gelacht wie die Blöden, als wir uns gegenseitig erzählten, wen wir für die fünf widerlichsten Menschen des Universums halten. Meine Top five waren Saddam Hussein, Jürgen Drews, Rudi Carrell, Kardinal Ratzinger und der Mann, der die Mandarinen-Fanta erfunden hat. Andreas fünf Kotzbrocken waren Milosěvić, Mike Tyson, Claudia Nolte, ihr Zahnarzt (der ihr angeblich mehr in den Ausschnitt als in den Mund glotzt) und derjenige, der sich die TV-Werbung für Damenbinden ausgedacht hat, in der jemand blaue Flüssigkeit auf die Dinger gießt, um ihre Saugkraft zu

demonstrieren (»Blau? Wieso blau? Menstruieren da Außerirdische?« schrie sie).

Noch mehr gute Dinge. *Erstens:* Sie hat mir schöne Unterhosen und Socken (»Sonderangebot, Schatz!«) gekauft. Denn Männer, das dürfte allgemein bekannt sein, kaufen sich niemals Unterhosen und Socken: Zuerst macht das Mama, dann die Lebengefährtin. Lebenslange Junggesellen tragen – davon bin ich fest überzeugt – nichts als vergilbte, poröse Fetzen unter der Jeans. Ich war ihr wirklich dankbar.

Zweitens: Sie hat mit mir fünf Stunden lang Bernado Bertoluccis *1900* auf Video angeschaut, meinen absoluten Lieblingsfilm, und sie hat nicht einmal wegen seiner exzessiven Länge gemäkelt.

Drittens: Ich habe ihr erzählt, wie sexy ich seidene Negligés finde – und prompt hatte sie in der nächsten Nacht eines an.

Viertens: Sie kann toll mit Paul umgehen – der kleine Racker liebt sie.

Fünftens: Sie schmollt nicht. Wenn sie irgend etwas stört, poltert sie ungehemmt damit heraus.

Und nun die schlechten Sachen, die mir einfallen: Sie mag beim Frühstücken keine Musik (ich mag lauten, knackigen Folkrock oder will zumindest Radio hören). Sie möchte, daß ich mich jeden Morgen rasiere. Sie findet, daß ich mit Paul zuviel herumalbere und ihm zu selten »seine Grenzen zeige«.

Und da sind wir schon bei den Dingen, die mich ratlos zurücklassen. Zum Beispiel hat Andrea sich vorgenommen, Paul bis zu seinem dritten Geburtstag »sauber und schnullerfrei« zu bekommen. Das heißt, daß sie ihm in der Wohnung keine Windeln mehr umbindet und ihn wortreich auffordert, rechtzeitig »Bescheid« zu sagen. Außerdem bekommt Paul seine Schnullis nur noch zum Schlafen. Die Folge ist, daß Paul jetzt gedankenverloren beim Spielen in die Hose pinkelt oder sich, ohne »Bescheid« zu sagen, auf die Toilette stemmt und pinkelt – wobei er bislang noch nicht auf die Idee gekommen ist, sich vorher seine Hose auszuziehen. Zudem ist seit Andreas Versuch, meinen Sohn auf die nächste Stufe der Reife zu erheben, der Geräuschpegel in der Wohnung merklich angestiegen, da Paulchen mehrmals am Tag laut heulend nach seinem Schnulli verlangt.
Mein Problem ist, daß ich soviel mütterlichen Einsatz an sich lobenswert finde – nur daß Andrea eben nicht Pauls Mutter ist. Außerdem habe ich die Theorie, daß sich solche Sachen wie Windeln und Schnuller irgendwann von selbst regeln. Andererseits: Wenn meine Theorie falsch ist, sitzt Paul noch bei seiner Abiturfeier in übergroßen Pampers da und nimmt sich nur zum Anstoßen mit dem Sektglas den Oral-Pfropfen heraus. Und dann ist da natürlich noch die Tatsache, daß Andrea längst bei mir wohnt. Sie geht wirklich nur noch

in ihre eigene Wohnung, wenn jemand ihren Heizungszähler ablesen will oder wenn sie eines der wenigen Dinge braucht, die sie noch nicht in meine Bude geschafft hat. Das ging mir echt zu holterdiepolter. Ich habe das Gefühl, mir wird mein Notausgang zugebaut. Andererseits: Wenn sie nicht da ist, dann fehlt sie mir. Tja.

Jetzt habe ich eine lange Liste von Pro und Kontras. Da steh ich nun, ich armer Tor, und bin so klug als wie zuvor.

39.

Es ist Mittwoch, und ich habe heute eine sehr genaue Vorstellung davon, wie sich Gary Cooper in *12 Uhr Mittags* gefühlt haben muß. Heute treffe ich mich mit Bea – und es wird so etwas wie ein hormoneller Showdown werden. Mein guter Vorsatz lautet nämlich, daß ich stark bleibe, nicht mit ihr ins Bett gehe, die Sache ein für allemal kläre und dann so glücklich wie möglich zu Andrea heimkehre. Allerdings habe ich in meinem Leben schon zu viele Neujahrstage erlebt, die mir eindrucksvoll bewiesen, daß ich gute Vorsätze üblicherweise nicht einmal 24 Stunden aufrechterhalten kann – sonst wäre ich ja ein durchtrainierter Nichtraucher. Mein kleiner Rettungsanker ist die Tatsache, daß Andrea heute abend auf Paul aufpaßt. Ich meine, nur ein ausgemachtes Schwein würde doch seine Freundin ums Babysitten bitten, während er sich mit einer anderen vergnügt. Nein, mein Entschluß steht fest: Ich habe in den letzten Wochen schon zuviel Mist gebaut. Heute abend bringe ich alle Regler wieder auf Null und befreie mein Gewissen. Und dazu zählt auch, daß ich Bea die Wahrheit erzähle.

Kurz vor acht betrete ich das *Maybach*, eine jener Kneipen, in der gähnende Leere herrschen würde, wenn man allen Lehrern und Sozialpädagogen Hausverbot erteilte. Ich habe Andrea wahrheitsgemäß erzählt, daß ich mich mit meiner ehemaligen Schulkameradin Bea treffe, habe ihr aber natürlich die nicht ganz unwichtige Information vorenthalten, daß ich mit ebendieser Schulkameradin unlängst eine beträchtliche Menge an Körperflüssigkeiten ausgetauscht habe.
Ich sehe Bea sofort. Sie winkt mir mit ausladenden Bewegungen zu und strahlt übers ganze Gesicht. Ich schlurfe unbeholfen grinsend auf ihren Tisch zu, will ihr einen Kuß auf die Wange geben, aber Bea schnappt sich sofort mit beiden Händen meinen Kopf, drückt zu wie eine Schraubzwinge, zieht ihn zu ihren Lippen und will offenbar eine dieser wirklich sagenhaften Dinge mit ihrer Zunge machen, von denen ich neulich noch nicht genug bekommen konnte. Ich bringe genug sanfte Gegenwehr auf, daß sie innehält, sich auf den Stuhl zurückfallen läßt und ein wissendes »Oh-oh« hören läßt.
Raumschiff Hansen an Bodenstation. Erstes Triebwerk abgekoppelt. Keine Rückkehr mehr möglich. Befinde mich im direkten Anflug auf die Monogamie!
Bea mustert mich, winkt die Bedienung heran und bestellt Wodka. Drei Stück! Dann sieht sie mich an, seufzt und fragt: »Verheiratet?«

»Nein!« rufe ich, viel zu vehement, zögere dann und murmle: »Na ja, so etwas Ähnliches. Bea, hör zu – es tut mir leid. Ich ...«
Und da – o nein, bitte nicht! – beginnt sie zu weinen. Bea, der Inbegriff von Selbstvertrauen, Energie und Durchsetzungsvermögen, weint! Ihr dicker Kajal läuft in feinen, schwarzen Rinnsälen über ihr Gesicht, ihre Mundwinkel zucken, und sie schluchzt. Die Bedienung erscheint wieder, sieht erst mitleidig Bea an, wirft dann mir einen stechend-bösen Blick zu und stellt schließlich die drei Schnapsgläser auf den Tisch. Bea kippt eines nach dem anderen runter – sie braucht dafür nicht einmal eine Minute. Vielleicht sollte ich sie mit meinem Champagnerpenner bekannt machen.
Dann sammelt sie sich, richtet sich auf, sieht mich mit milchigen Augen an und sagt: »Erzähl.« Sie ist nicht wütend, nur traurig. Und darauf war ich nun wirklich nicht vorbereitet.
Ich habe alle möglichen Szenarien in meinem Kopf durchgespielt. Am besten gefiel mir die Möglichkeit, daß sie einfach schulterzuckend reagiert, Marke »Dann fick ich eben einen anderen«. Mein imaginärer Super-GAU bestand darin, daß sie mir die Augen auskratzt. Aber daß Bea richtig traurig sein könnte, hatte ich irgendwie nicht für möglich gehalten.
Zögernd beginne ich zu erzählen. Ich wünschte, sie würde mich hin und wieder unterbrechen – aber sie

mustert mich während meines Berichts nur. Sie sieht mir in die Augen, die ganze Zeit. Und ich bekomme einen Kloß im Hals, und meine Hände zittern, und ich hätte auch gern drei Wodkas. Mindestens.

Als ich fertig bin, schnieft Bea einmal kräftig und sagt dann etwas, was mich vermutlich noch als Rentner verfolgen wird: »Weißt du was, Basti? Ich liebe dich. Seit beinahe 20 Jahren. Erst mußte ich mit ansehen, wie diese Kuh von Ines dich haben durfte, dann habe ich mich nie getraut, dich anzurufen. Ich hab' von dir geträumt, immer wieder. Und als die Einladung zum Klassentreffen kam, habe ich regelrecht gebetet, daß du auch kommst. Ich war so scheißnervös. Und als wir uns dann geliebt haben, nach all den Jahren, war ich der glücklichste Mensch der Welt.« Dann zuckt sie mit den Schultern: »Du hattest keine Ahnung, oder? Ich war einfach immer nur das verrückte Huhn für dich, stimmt's?«

Ich sitze da und weiß mal wieder nicht, was ich sagen soll. Dann, weil wir ja offenbar gerade ehrlich bis zur Schmerzgrenze sind, nicke ich leicht.

Oh, mein Gott. Wenn ich all das gewußt hätte! Wenn Bea mich vor zehn Jahren angerufen hätte – vielleicht hätten wir jetzt drei Kinder. Ich hätte *nie* meine Zeit mit Miriam vergeudet! In diesem Moment erscheint mir Bea als Traumfrau schlechthin. Jetzt, wo ich ihre ernste, verletzliche Seite sehe, ist sie regelrecht komplett. Ich glaube, sie ist alles, was ich immer wollte. Ich beuge mich vor und will sie küssen.

Als sie sieht, was ich vorhabe, nimmt sie ihre flache Hand, klatscht sie gegen meine Stirn und schiebt mich mit sanftem Druck zurück. »Zu spät, Basti.«

»Aber …«, setze ich an.

»Nach so einem Fehlstart kommen wir nirgendwohin. Mein Leben ist kompliziert genug«, sagt sie ganz leise. Dann spannt sie sich plötzlich an, wird knallrot, nimmt eines der Wodkagläser und schmeißt es, haarscharf über dem Kopf eines verschreckten Mannes, der gerade den Kulturteil der *Zeit* studiert, an die Wand. »Scheiße!« schreit sie so laut, daß es schlagartig ruhig in der ganzen Kneipe wird.

Zwei Minuten später stehen wir auf der Straße, herausbefördert von einem bulligen Tresenmann.

40.

Jede andere Frau hätte jetzt mit großer Geste den Rückzug angetreten. Aber Bea tut einmal mehr das Unerwartete. Sie hakt sich bei mir ein und zieht mich zu einem nahe gelegenen Taxistand. Sie öffnet eine Tür, schiebt mich hinein, setzt sich neben mich und sagt zum Taxifahrer: »Zum *Lehmitz*, Reeperbahn.«

Das *Lehmitz* ist eine Kneipe, die man in anderen Städten vergeblich suchen würde. Es ist ein speckiges, kleines Plätzchen, das nicht einmal eine Eingangstür hat, da es ohnehin nie schließt. Das *Lehmitz* besteht ausschließlich aus einem in Schlangenform gewundenen Tresen, an dem man eigentlich nur zwei Dinge trinkt: Tequila oder Flaschenbier. Und die Gäste, deren Bandbreite von hartgesottenen Alkoholikern über allerlei Restpunks und Kaputtniks bis zu abenteuerlustigen Vorstadtteeenagern reicht, kommuniziert – wenn überhaupt – schreiend über einem dröhnend lauten Teppich von Schweinerock, der aus den Lautsprechern rumpelt. Im *Lehmitz* haben Bea, Ines, Didi und ich unsere Jugend verbracht.

Jetzt sitzen wir beiden Übriggebliebenen wieder hier, eine Batterie von Tequilas vor uns aufgetürmt, und schreien uns unsere Lebensgeschichten ins Ohr.
Es ist merkwürdig. Bea ist überhaupt nicht wütend auf mich. Ich falle unter die Kategorie »Pech«. Und davon hatte sie offenbar in ihrem Leben schon reichlich. Bea erzählt ein wenig von ihren diversen verkorksten Beziehungen und von einem verhängnisvollen Flirt mit Kokain, der sie als 22jährige in einen stationären Entzug brachte. Aber hauptsächlich will sie nicht reden, sondern zuhören.
Ich weiß nicht, ob es die zahllosen Tequilas sind oder Beas unglaubliche Direktheit und der Umstand, daß sie mich immer weiter reden läßt, ohne mich mit Zwischenfragen irgendwo hin zu dirigieren – aber ich erzähle ihr Dinge, die ich noch niemandem erzählt habe. Ich erzähle ihr Dinge, die ich selbst noch nicht von mir wußte. Kennen Sie dieses seltsame Phänomen, daß Sie beim Reden plötzlich etwas über sich selbst herausfinden, daß sich Zusammenhänge klären, einfach dadurch, daß man sie ausspricht? Genau das erlebe ich gerade.
Bea, die ihren bohrenden und trotzdem warmen Blick immer nur dann von meinen Augen löst, wenn sie zu einem neuen Tequila greift, nickt oft. Ich merke, daß sie alles versteht. Ich erzähle ihr auch von Andrea und meinen Zweifeln – und das scheint sie zu treffen. Ich meine, zwischen uns steht nicht einfach nur eine andere

Frau, sondern eine Frau, bei der ich mir nicht einmal sicher bin, ob ich mit ihr alt werden möchte. Oder kann.
Irgendwann gehen wir vom Reden zum Lallen über. Aber es macht immer noch Sinn, was wir sagen. Glaube ich zumindest. Denn nach all meinen Erzählungen nimmt Bea plötzlich meine Hand, ganz sanft, und läßt einen Monolog vom Stapel, der gut in eine mehrfach Oscar-gekrönte Hollywood-Schnulze gepaßt hätte.
»Weißt du, wo der Witz bei der ganzen Sache liegt, Basti? Du hast keine Ahnung, wer du bist. Ich habe dich immer angehimmelt. Du hast mich total nervös gemacht. Du hast, glaube ich, gar keine Ahnung, wie viele Mädchen in der Schule in dich verknallt waren. Hast du dich niemals gefragt, warum Ines, die Schönste von allen, ausgerechnet *dich* genommen hat? Mal ehrlich, an deinem Aussehen wird's ja wohl kaum gelegen haben. Du bist einfach smart, du bist witzig, und du bist lieb. Das sind die drei Dinge, die eine Frau will.« Dann sieht sie mir demonstrativ zwischen die Beine und grinst. »Fehlt also nur noch ein großer Schwanz. Aber man kann ja nicht alles haben.«
Mein Gott, bin ich froh, daß es hier so laut ist, daß niemand uns versteht!
»Und du«, jetzt bekommt Beas Stimme fast etwas Anklagendes, »hast keine Ahnung, wie du auf andere Leute wirkst. Mann, du bist ein wandelnder Komplex!

Mach hin und wieder mal dein Maul auf. Kämpfe, Mann! Glaub mir, eine Frau, die dich sausen lassen würde, nur weil du deine Meinung sagst, isses sowieso nicht wert.«

Himmel, ich liebe diese Frau!

Ich will sie haben! Jetzt!

Ich beuge mich zu Bea vor und will sie küssen. Doch meine Motorik versagt, ich verliere das Gleichgewicht und krache mit dem Gesicht voran vom Barhocker auf den Fußboden.

Bea lacht. Das ist das letzte, was ich höre.

41.

Ich registriere zwei Dinge, als ich am nächsten Morgen in meinem Bett aufwache: In meinem Mund schmeckt's nach Blut, was – wie ich durch Abtasten mit der Zunge feststelle – aus einem abgebrochenen Eckzahn resultiert. Und ich höre zwei Frauen in der Küche reden. Durch das Pochen und Rauschen in meinem Schädel hindurch versuche ich die Stimmen zuzuordnen ...

Oh, mein Gott.

Es sind Andrea und Bea!

Ich habe in den letzten vier Wochen für mich derartig ungewöhnliche Mengen an Alkohol zu mir genommen, daß mein Körper offensichtlich kapituliert hat. Er rafft sich nicht einmal mehr zu einem Kater auf. Bis auf eine allgemeine Mattigkeit, allerlei Ohrgeräusche und ein gemeines Kratzen im Hals (jeder im *Lehmitz* ist ein Kettenraucher) geht's mir gut. Physisch zumindest. An meiner geistigen Gesundheit zweifle ich allerdings. Es kann doch wohl kaum angehen, daß meine beiden Problemfrauen gemeinsam in meiner Küche sitzen, oder? Ich huste – so richtig laut und fies aus den Katakomben

meines Atmungssystems. Und sofort höre ich als Echo ein begeistertes Juchzen aus dem Flur: »Papa! Papa wach!«
Paulchen stürmt ins Schlafzimmer, klettert in mein Bett, kriecht unter meine Decke, drückt sich ganz dicht an mich und gluckst: »Rotkäppchen!« Das ist seine neueste Macke: Seit ich ihm zum Zubettgehen öfter mal ein altes Märchen erzähle, verlangt er ständig danach. Erst kuschelt er kurz mit mir – zweifelsohne ein Akt der emotionalen Erpressung – und nennt dann den Titel seines Wunschmärchens. Als wäre ich so eine Art Gebrüder-Grimm-Jukebox. Heute habe ich allerdings verständlicherweise wenig Neigung, ihm eine Geschichte zu erzählen. Statt dessen benutze ich Paulchen als meinen Komplizen und Informanten und tätschle ihm aufmunternd den Kopf.
»Hat Andrea Besuch?« frage ich meinen kleinen Undercoveragenten ganz unschuldig. »Frau«, erklärt Paulchen denkbar uninteressiert. »Rotkäppchen erzähln!«
»Wie heißt denn die Frau?« bohre ich. »Pea heißt die«, bestätigt Paulchen das Unglaubliche.
Also doch! Ich rapple mich mühsam hoch. Erst jetzt merke ich, daß ich noch meine Unterhose und das T-Shirt von gestern anhabe. Schnell ziehe ich einen Bademantel über, nehme Paul auf den Arm, atme tief durch und gehe in die Küche.

Als ich hereinkomme, lachen die beiden Frauen herzlich.
»Meine Damen und Herren: Harald Juhnke!« trompetet Andrea wie ein Las-Vegas-Conferencier, steht auf und küßt mich. Bea schaut mich süffisant grinsend an.
»Morgen«, murmle ich, immer noch heimlich hoffend, daß ich mich in einem Alptraum befinde. »Äh ...«, hebe ich an, was offensichtlich als Information ausreicht, daß ich nicht den Hauch einer Ahnung habe, was hier vorgeht.
»Bea hat dich nach Hause gebracht«, erklärt Andrea grinsend. »Du warst sternhagelvoll!« Während sie das sagt, gießt sie mir einen Becher Kaffee ein.
»Der Taxifahrer hat sich geweigert, dich allein mitzunehmen«, ergänzt Bea. Ich schaue auf die Küchenuhr: Es ist kurz vor sieben. »Und ihr sitzt seitdem gemeinsam hier?« frage ich so arglos wie möglich. »Sechs Tassen Kaffee«, lächelt Bea und hält ihren Becher hoch. »Ich mußte auch erst mal nüchtern werden.«
Ich setze mich zu den beiden an den Tisch. »Peinlich ...«, grummle ich. Andrea gibt mir einen Kuß auf die Stirn: »Ich find's lustig!« Bea schaut uns an, und jetzt erkenne ich wieder einen Hauch ihres traurigen Blickes, der mich gestern stundenlang durchbohrt hat. »Willst du etwas frühstücken?« fragt Andrea. Ich schüttle den Kopf.
Paulchen klettert auf meinen Schoß, läßt sich von

Andrea seinen halb gegessenen Nutellatoast geben und mampft zufrieden.
»Bea hat mir von früher erzählt. Ich wußte gar nicht, was für ein Mädchenschwarm du warst«, sagt meine erschreckend muntere Andrea. Ich zucke mit den Schultern.
»Ich auch nicht.«

Zehn Minuten lang sitze ich da, höre wie in Trance zu, wie Bea von ihrem Job bei DESY erzählt, und nippe an meinem Kaffee. Dann endlich steht Andrea auf, um sich für die Arbeit fertigzumachen. Als ich im Bad das Wasser rauschen höre, sehe ich Bea flehentlich an. »Hast du …?«
Bea grinst. »Wirkt Andrea etwa so, als ob sie Bescheid wüßte? Nein, ich habe ihr nichts erzählt. Und ich habe es auch nicht vor. Sie ist toll, Basti.«
»Toll, toll, toll!« singsangt Paulchen, während ich mir erlaube, erleichtert zusammenzusacken.
Bea steht auf, geht durch den Flur, klopft an die Badezimmertür und ruft: »Andrea, ich muß los. Vielen Dank für den Kaffee.« Andrea öffnet kichernd die Tür.
»Vielen Dank, daß du meinen Mann gerettet hast.«
Meinen *MANN*?
»He«, fällt Andrea plötzlich ein, »hast du vielleicht Lust, heute abend zum Essen zu kommen?«
Bea sieht zu mir herüber. Ich vermute, daß mein ent-

gleistes Gesicht in diesem Moment einem Picasso-Gemälde gleicht – aber das scheint sie noch anzuspornen. »Gerne!« sagt sie lächelnd, nimmt sich ihre Jacke vom Haken, gibt mir im Vorbeigehen einen schnellen Kuß auf die Wange und öffnet die Wohnungstür.

»Um acht?« ruft Andrea durch den Flur. »Okay!« ruft Bea. Dann geht sie.

Als Andrea ein paar Minuten später aus dem Bad kommt, drückt sie sich an mich und gibt mir einen langen Kuß. »Geht's dir gut?«

»Bißchen mulmig«, antworte ich wahrheitsgetreu.

42.

Paulchen hört sich in seinem Zimmer eine *Benjamin Blümchen*-Kassette an und zerlegt dabei die von mir mühsam aufgebaute Brio-Eisenbahn. Ich sitze im Wohnzimmer und versuche mich auf den Videofilm zu konzentrieren, dessen Inhalt ich für die Kassettenhülle zusammenfassen soll. Es ist Gott sei Dank jene Art von Streifen, bei dem man nicht allzu viele Gehirnzellen aktivieren muß, um ihm zu folgen (Steven Seagal und Michael Dudikoff in ihrem ersten gemeinsamen Film!). Gott sei Dank deswegen, weil das Gros meines Denkens immer noch um Bea und Andrea kreist. Eigentlich sollte heute der Tag nach dem Schlußstrich sein, der Tag, an dem alles nicht mehr kompliziert ist. Aber davon bin ich offenkundig weit entfernt.

Ich höre das Klappern des Briefschlitzes, drücke die Pausentaste der Videofernbedienung und schlurfe zur Tür. Auf dem Boden liegen vier Briefe, von denen einer mich wie ein Faustschlag der bösen Vorahnung trifft: Er ist von *Bracharz, Cueni & Wolff – Anwaltskanzlei.* Post von Juristen? Das ist niemals gut!

Es ist gemeinhin bekannt, daß Juristen nur über eine

rudimentäre Kenntnis der deutschen Sprache verfügen. Wer jemals Post von einem Anwalt bekommen hat, weiß, daß es nur zwei denkbare Erklärungen für dieses kryptische Geschreibsel gibt. Erstens: Man muß Legastheniker sein, um Jura studieren zu dürfen. Oder zweitens: Anwälte verfassen ihre Briefe absichtlich in solch konfusem Gaga-Deutsch, um von vornherein für Verwirrung zu sorgen und klarzumachen, daß man sich ab sofort auf feindlichem Terrain befindet – in Justitias finsterem Reich, wo Worte nicht mehr dasselbe bedeuten wie in der wirklichen Welt.

Es dauert deshalb eine Weile, bis ich den zweiseitigen Brief in eine zivilisierte Sprache übersetzt habe. Dann aber möchte ich schreien vor Wut. Es ist eine Kriegserklärung!

Im Auftrag ihrer Mandantin – Miriam natürlich – weisen mich die Herren Bracharz, Cueni und Wolff darauf hin, daß ich besser folgenden Forderungen nachkäme:

1 Ich widersetze mich nicht mehr, Paul eine Erziehung gemäß der Maßgabe von Rudolf Steiner zu ermöglichen.
2 Ab dem nächsten Ersten wird Paul exakt die Hälfte seiner Zeit bei seiner Mutter verbringen (einen genauen Plan gilt es noch auszuarbeiten).
3 Ich rutsche in Anwesenheit von Miriam in Zukunft nur noch splitternackt auf dem Boden herum, winsle

»Ich bin eine Amöbe« und küsse ihr in noch festzulegenden Intervallen die Füße.

Okay, Nummer drei habe ich mir ausgedacht. Aber es trifft den allgemeinen Tonfall.
Sollte ich diesen Forderungen nicht Folge leisten, teilen mir die Rechtsverdreher mit, sähen sie sich leider zu einem Prozeß gezwungen, in dessen Verlauf mir das Sorgerecht für Paul komplett genommen werden würde. Ermöglicht würde dies durch eine nachweisliche Verletzung der Aufsichtspflicht meinerseits. Ich habe – jetzt kommt's! – mein Kind nämlich wiederholt in die Obhut einer Alkoholikerin gegeben, die den Kleinen in mindestens einem Fall buchstäblich verloren habe. Nur durch einen glücklichen Zufall habe das Kind diese schier unglaubliche Sorglosigkeit unbeschadet überstanden. Mit freundlichem Gruß, Blablabla.
Ich rase zum Telefon und wähle Miriams Nummer. Als sie sich meldet (»Frühstück!«), verkneife ich mir meine sonst üblichen Witze über Tageszeiten und Nahrungsaufnahme und komme – präzise und prägnant, wie Männer nun einmal sind – gleich zur Sache.
»Du verschissenes Miststück! Was hat dieser Brief …«
»Oh, hallo, Sebastian«, säuselt Miriam karamelsüß. »Schön, von dir zu hören.«
»Was soll das heißen – ich hätte mein Kind in die Obhut einer Alkoholikerin gegeben?«

»*UNSER* Kind«, korrigiert mich Miriam. »Und die Alkoholikerin ist die dicke Schlampe, mit der du neuerdings zusammenlebst.«
Andrea eine Alkoholikerin? Absurd. Und dick ist sie auch nicht.
»Ich habe Fotos, wie sie trinkt, während der arme Paul daneben steht. Ich habe Fotos, wie Paul mutterseelenallein in der Spitalerstraße steht. Ich ...«
»Du hast *was*?« schreie ich.
»Ich habe einen Privatdetektiv engagiert, der ...«
»Du hast *WAS*?« wiederhole ich mich mit mehr als leicht überschlagender Stimme.
»Hör zu«, säuselt Miriam, die das Ganze hörbar genießt. »Ich schätze, wir kommen nicht weiter, wenn du hier nur wie ein Papagei dein Sätzchen aufsagst. Wenn du den Forderungen nachkommst, werden wir keinerlei Probleme ...«
»Ich bringe dich um!« zische ich – und bereue es sofort, als Miriam sagt: »Das wird meine Anwälte interessieren.«
»Ich ... du ...«, kreische ich jetzt. »Du ...«
»Auf Wiederhören, Sebastian!« genießt Miriam ihren Triumph und legt auf.

Ich stehe einen Moment verdattert da. Dann rufe ich Andrea in der Agentur an.
»Sie hat *WAS*?« fragt sie ebenfalls, weil das eben das

einzige ist, was man bei solch einer absurden Situation sagen kann.

»Sie behauptet, du seist Alkoholikerin. Sie sagt, sie hätte Fotos, wie du in Anwesenheit von Paul säufst.«

»Schwachsinn!« zischt Andrea. »Ich habe eine Wein*schorle* bei Mövenpick getrunken. Das ist alles!«

Ich könnte heulen vor Wut. Das Ganze ist ein Witz. Ein böser Witz.

»Ich verschwinde hier, so schnell ich kann«, verspricht Andrea. »Wir bekommen das hin!«

Ich lege wortlos auf.

43.

Mein Anwalt lehnt sich in seinem Ledersessel zurück, zündet sich eine Zigarette an und schüttelt den Kopf. »Tut mir leid, Herr Hansen«, sagt er. »Ich kann Ihnen nicht viel Hoffnung machen.«

Ich bebe vor Aufregung, was sich auf den armen Paul überträgt, der auf meinem Schoß sitzt und zu gnaddeln anfängt.

»Aber … Ich meine, sie läßt ihren eigenen Sohn fotografieren, während er mutterseelenallein durch die Stadt irrt! Sie läßt ihn *beschatten*, statt ihn zu beschützen. Also, wenn das keine Verletzung der Aufsichtspflicht ist …«

»Nicht im juristischen Sinne«, seufzt der Anwalt – offenbar ist er es leid, immer wieder irgendwelchen aufgeregten Laien erklären zu müssen, daß die Welt der Paragraphen nichts, aber auch wirklich gar nichts mit gesundem Menschenverstand zu tun hat.

»Und sie hat Andrea als Alkoholikerin bezeichnet. Was völliger Quatsch ist.«

»Wenn dem so ist, dann können wir eine Anklage wegen Verleumdung und übler Nachrede formulieren.

Das hat freilich keinerlei Auswirkungen auf den Vormundschaftsprozeß.«

Ich will gerade losschreien, als sich mein Anwalt vorbeugt und ganz ruhig – ich würde sagen, gelangweilt – seufzt: »Sie sollten einen Weg der außergerichtlichen Einigung finden. Es sieht nicht gut für Sie aus. Gar nicht gut.«

Und für diesen Scheißkommentar werde ich von dem Kerl sogar noch eine Rechnung bekommen! Wütend wuchte ich mich mit Paul aus dem Stuhl und gehe. Mein Anwalt drückt seine Zigarette aus. Nein, das ist keiner dieser Matlocks oder Petrocellis, die dem Richter völlig unvermutet einen knallharten Gegenbeweis auf den Tisch knallen und dann triumphierend mit ihrem überglücklichen Mandanten aus dem Gerichtssaal stolzieren. Das ist eine träge Natter, auf die ich besser keine Hoffnungen setze.

Aber auf wen denn dann?

44.

Als ich nach Hause komme, ist Andrea bereits da. Sie rast auf mich zu, die Augen tränenverschmiert. Sie will mich offenkundig gerade stürmisch umarmen, überlegt es sich dann plötzlich anders, hält inne, senkt den Kopf und stammelt: »Ich … Ich … Es tut mir so leid.« Und dann beginnt sie hemmungslos zu schluchzen.

Paulchen trottet auf sie zu und zupft ihr am Bein. Als Andrea sich zu ihm niederkniet, fragt er: »Mama hat Aua? Paul pusten?« Er streicht ihr mit seinen Patschhänden über das Gesicht und pustet feucht auf alle eventuellen Stellen, aus denen Andreas Schmerz resultieren könnte. Ich nehme Andrea in den Arm und flüstere: »Es ist doch nicht deine Schuld.«

Ich stelle – was ich noch nie getan habe – Paul ruhig, indem ich ihm eine Untertasse voll Schoko-Crossies auf den Wohnzimmer-Fußboden stelle und ihn das gesamte Sesamstraßen-Video schauen lasse, von dem er sonst immer nur fünfminütige Häppchen zu sehen bekommt. Andrea und ich setzen uns in die Küche, machen uns einen Kaffee und sitzen eine ganze Weile einfach nur so da, den Kopf gesenkt und völlig wortlos.

»Unsere letzte Rettung ist wohl Sven«, sagt Andrea schließlich – und ich seufze. Miriam feuert auf uns mit allen Rohren, und wir haben keine bessere Idee, als sie zu verkuppeln? Das ist deprimierend; das ist, als wären wir die amerikanischen Bodentruppen in Pearl Harbor, sehen am Horizont die japanischen Jagdbomber nahen und rufen: »He! Wir haben doch immer noch unsere Knallerbsen!«
Leider fällt mir aber auch nichts Besseres ein.

Müde schlurfe ich irgendwann ins Wohnzimmer, sehe mir mit Paul gemeinsam die letzten Minuten des Videos an und verkünde meine Absicht, ihn zu Bett bringen zu wollen. Der Kleine – der gerade eine Ahnung des immensen Unterhaltungspotentials bekommen hat, daß er nicht ausschöpfen kann, während er schläft – protestiert kreischend. Ich reagiere viel ruppiger als üblich, wasche ihn, ziehe ihm seinen Pyjama an und ignoriere dabei so gut es geht, daß er nahezu ununterbrochen brüllt und wimmert. Andrea übernimmt den Fütterungs-und-Gutenachtgeschichten-Teil. Viermal ruft uns Paul noch ins Kinderzimmer, will noch etwas zu trinken haben oder beschwört uns flehentlich, noch eine *Benjamin Blümchen*-Kassette hören zu dürfen, bis er schließlich, von seinem eigenen Protest erschöpft, einschläft.
Als trauriges, unausgesprochenes Eingeständnis, daß

wir am Ende unserer Weisheit sind, lassen Andrea und ich uns aufs Wohnzimmersofa plumpsen und schalten den Fernseher ein. Was wir jetzt brauchen, ist eine Pause.

Statt dessen klingelt es an der Tür. Andrea schreckt hoch und ächzt: »Ach, du Scheiße – das ist Bea! Die haben wir völlig vergessen!«

45.

Wenn man zum Abendessen eingeladen wird, erwartet man üblicherweise bestimmte Dinge. Zum Beispiel adäquat bekleidete Gastgeber, eine nette Atmosphäre und vor allen Dingen etwas zu essen. Nun, wir können Bea nichts davon bieten: Andrea hat ihre Leggins mit dem Loch am Po an, ich trage die Jogginghose, die mir Anita mal zum Spaß geschenkt hat – sie hat ein militärisches Tarnmuster und rutscht mir, da sie zwei Nummern zu groß ist, beim Gehen ständig herunter. Zudem würde ich zwei trübsinnige Kreaturen mit roten Augen, die hilflos in einer völlig unaufgeräumten Wohnung stehen, nicht als besonders einladend bezeichnen. Ganz zu schweigen davon, daß wir den Herd heute noch überhaupt nicht benutzt haben. Kurz: Wir sind zweifelsohne ein erbärmlicher Anblick.

»Wir können's ja einfach auf nächste Woche verschieben«, sagt Bea und will schon wieder gehen. Aber Andrea schnieft noch einmal, nimmt ihr entschlossen die Jacke ab und sagt: »Unsinn. Wir bestellen einfach Pizza.« Ich stehe daneben und nicke nur. Dann, als Andrea mir mit rollenden Augen auf die Rambo-Beinkleider glotzt, murmle ich: »Äh, ja. Ich ziehe dann mal meine Zivilklamotten an« und schlurfe ins Schlafzimmer. Ich bin so müde.

Als ich zehn Minuten später ins Wohnzimmer komme – gekämmt und mit einer Jeans und einem sauberen Sweatshirt bekleidet –, steht Andrea sofort auf, um ebenfalls in ein besuchertaugliches Outfit zu schlüpfen. Die beiden haben mir schon eine Flasche Bier auf den Tisch gestellt, aber der bloße Gedanke an Alkohol entsetzt mich. Ich hätte lieber eine Cola. Oder eine Zyankalikapsel.

Bea sieht mich mitfühlend an, streicht mir einmal tröstend mit der Hand über die Wange und sagt: »Andrea hat's mir schon erzählt. Ich meine, das von deiner Exfrau und deinem Sohn.«

»Mmh«, nicke ich.

»Und man kann da gar nichts machen?«

»Wüßte nicht, was«, muffle ich einsilbig zurück. Mir ist eigentlich nicht nach Konversation, so nett und hilfsbereit sie auch gemeint sein mag.

»Einer meiner Exfreunde ist Anwalt ...«, beginnt Bea trotzdem noch einmal, aber diesmal unterbreche ich sie: »Keine Chance. Ein Anwalt kann uns da nicht helfen.« Dann ächze ich mich vom Sofa hoch wie ein achtzigjähriger Mann und sage: »Ich werde uns mal Pizza bestellen.«

»Haben wir schon gemacht«, lächelt Bea. »Ich hoffe, du magst Salami und Thunfisch!«
Einzeln? Ja. Zusammen – nein. Aber das ist jetzt eigentlich auch schon egal.
Gerade als ich mich wieder hingesetzt habe, klingelt es an der Tür. »Wow!« lacht Bea, »die sind aber schnell!«
Ich stehe wieder auf und gehe zur Tür. Als ich öffne, steht kein Pizzalieferant vor mir, sondern Anita.
»Überraschung!« ruft sie. »Ich war gerade in der Gegend. Ich störe doch nicht?«
»Oh. Hi«, sage ich träge. »Komm rein.«
Anita merkt natürlich sofort, daß etwas nicht stimmt, und mustert mich mit zusammengekniffenen Augen. »Geht's dir nicht gut?«
»Nicht wirklich«, sage ich und schlurfe zurück ins Wohnzimmer. Anita hängt ihre Jacke an die Garderobe und folgt mir. Als sie Bea sieht, ist sie natürlich überrascht.
»Anita, Bea. Bea, Anita«, stelle ich die beiden einander vor und versinke dann wieder in meiner Lethargie.
Jetzt erscheint auch Andrea, die Anita umarmt, sie auf die Wange küßt und einfach nur »Hallo« sagt.
Anita kratzt sich am Kopf. »Entschuldigung, aber störe ich euch gerade bei den Vorbereitungen für einen Massenselbstmord?«
»Setz dich«, sagt Andrea seufzend und erzählt Anita alles.

46.

Es ist der pure Wahnsinn.
Es ist jetzt beinahe zwei Uhr morgens, und die drei Frauen in meinem Wohnzimmer zeigen keinerlei Ermüdungserscheinungen. Nachdem sie sich eine Stunde lang gegenseitig versichert haben, wie abgrundtief verachtenswert sie Miriams Verhalten finden, suhlen sie sich in Rachephantasien wie Wildschweine in nassem Laub. Glauben Sie mir, Frauen sind vieles – aber harmlos sind sie sicher nicht!
Wenn Männer stinkig sind, mutieren sie zu Witzfiguren. Sie öffnen sich Bierflaschen, sagen Dinge wie »Dem reiße ich die Eier ab und stopfe sie ihm in den Hals« wie irgendwelche pockennarbigen Hohlköpfe aus dem *Kabel 1*-Spätprogramm, machen sich noch ein Bier auf und schauen dann die Sportschau, was sie wieder einigermaßen beruhigt. Andrea, Anita und Bea dagegen entwickeln eine sinistre Entschlossenheit, die einem eine Gänsehaut über den Rücken jagt. Ihre Stimmen mutieren zu einem leisen Zischen, ihre Gesichter sind hart wie Fels, und was sie planen, ist nicht einfach

nur eine simple Vergeltung – es ist die totale Vernichtung. Fast, aber nur fast könnte ich Mitleid mit Miriam bekommen.
Ich sitze vorwiegend stumm daneben und freue mich. Ich meine, ich bin doch ein Glückspilz, oder? Hier sitzen drei Frauen – drei auf ihre Art allesamt wunderbare Frauen – die momentan keine höhere Priorität kennen, als mir zu helfen. Und warum wollen sie mir helfen? Weil sie mich lieben! Alle drei! Ich würde mir am liebsten selbst auf die Schulter klopfen, wenn das nicht so dämlich aussehen würde.
Andrea beharrt auf ihrem Sven-Plan, und wir alle finden, daß ein Versuch, das Frühstücksluder unter die Haube zu bringen, zumindest nicht schaden könnte. Bea und Anita haben dagegen ganz eigene Visionen, wie man Miriam ihre Sorgerechtsphantasien wieder austreiben könnte. Es sind, glaube ich, raffinierte Ideen. Böse, raffinierte Ideen. Sehr, sehr böse und sehr, sehr raffinierte Ideen.
Ich ziehe mich irgendwann erschöpft ins Bett zurück, denn schließlich bin ich letzte Nacht im Tequilarausch abgeschmiert, habe einen abgebrochenen Eckzahn, der ganz schön fies pocht – und meine Meinung interessiert sowieso niemanden.
Als ich meinen drei Frauen eine gute Nacht wünsche, küßt mich Andrea leidenschaftlich auf den Mund und Bea etwas weniger leidenschaftlich in einen nicht genau

verifizierbaren Zwischenbereich zwischen Mund und Wange.

Ich habe überhaupt keine Lust, mir das Gesicht zu waschen.

47.

»Paulchen muß eine Woche zu Miriam«, beginnt Andrea mir am nächsten Morgen den Plan zu erläutern. Meine drei Sorgerechts-Amazonen haben noch bis vier Uhr palavert und dabei das grobe Konzept von Pauls Rettung erarbeitet. Die wesentliche Idee besteht dabei darin, Miriam eindrucksvoll vorzuführen, wie anstrengend es ist, für ein Kind zu sorgen. Und obwohl keinerlei Zweifel daran bestehen dürfte, daß meine Exfrau langfristig schon mit der ganz normalen Aufzucht eines Kindes überfordert wäre, wollen Andrea, Bea und Anita ihr eine Woche geballten Nerventerrors zumuten. Sie wollen ihr solch einen Streß servieren, daß sie nach sieben Tagen nichts weniger will als noch einen achten – geschweige denn viele weitere Jahre mit Kind.
Ein paar Details, sagt Andrea, müßten noch geklärt werden, aber im großen und ganzen sei alles klar. So sitze ich also am Frühstückstisch, einen großen Pott schwarzen Kaffee vor mir, und lasse mich einweihen.
Daß ich meinen Sohn kurzfristig weggeben soll, damit ich ihn nicht auf ewig verliere, gefällt mir verständli-

cherweise nicht besonders. Aber als Andrea mich in die Einzelheiten einweiht, komme ich nicht umhin, ihr zuzustimmen. Was Andrea, Bea und Anita ausgekocht haben, klingt plausibel. Es hat aber natürlich auch seine Schattenseiten, wie alle vielversprechenden Pläne. Der arme Paul wird einiges durchmachen müssen. Aber Andrea hat wohl recht, wenn sie sagt, eine unerfreuliche Woche für das Kind sei ein gerechtfertigter Preis für das Endergebnis. Denn sollte mein Sohn tatsächlich für die nächsten fünfzehn Jahre unter dem verstärkten Einfluß von Miriam zum Manne reifen, wäre das eine Tortur, die sowohl zeitlich als auch in Sachen Grausamkeit ungleich schwerer wiegt, als sieben frustige Kleinkindtage.
Momentan ist Paulchen noch ausgesprochen glücklich: Da Andrea und ich in letzter Zeit permanent wichtige Sachen zu bereden haben, erlaube ich ihm allerlei Dinge, die ihm sonst verboten sind. Ruhe ist mir momentan wichtiger als jedes Erziehungsprinzip. Und so darf Paul, während wir in der Küche über seine Zukunft grübeln, heute ausnahmsweise im Badezimmer *Plitschi Platschi* spielen – was nichts anderes bedeutet, als daß er mit Hilfe eines Hockers, der ihn in Waschbeckenhöhe erhebt, diverser Lappen, eines Stücks Seife, zweier Plastikbecher und einer Wasserspritzpistole eine äußerst beeindruckende Simulation der großen Hamburger Überschwemmungskatastrophe von 1962 organisiert.

»Also«, erklärt mir Andrea. »Du rufst heute Miriam an, bist höflich – nicht so nett, daß es ihr Mißtrauen weckt, aber so mild, daß sie Kompromißbereitschaft wittert – und erzählst ihr, daß du für eine Woche beruflich wegmußt.«

»Wohin?«

»Denk dir was aus. Du bist doch hauptberuflich kreativ. Also: Du bittest sie, Paul übermorgen mittag abzuholen und sich für eine Woche um ihn zu kümmern.«

»Und wenn sie keine Zeit hat?«

»Hat sie, glaub mir. Schließlich kämpft sie gerade um mehr Zeit mit Paul. Da wird sie wohl kaum gleich beim erstenmal kneifen.«

»Okay. Das leuchtet ein.«

»Also. An ebendiesem Sonntag wird auch Sven hier sein. Ich lade ihn ein, mache ihn schon mal ein bißchen heiß auf Miriam, erzähle ihm, daß sie momentan Single ist und daß sie erst neulich gefragt habe, wie es ihm geht, diesem netten, gutaussehenden Sven, den sie mal auf einer Agenturparty kennengelernt hat …«

»Ich glaub', ich muß gleich kotzen.«

»Sven wird das alles schlucken. Mein Gott, dieser Typ ist so selbstverliebt, daß er sich selbst heiraten würde, wenn er bloß wüßte, wie er sich in der Hochzeitsnacht über die Schwelle tragen soll.«

»Ich verstehe, was du meinst.«

»Okay. Sven ist zum Essen eingeladen, und als Zeichen

der Versöhnung, was Miriam als Einschleimen und kleinen Sieg betrachten wird, laden wir auch sie dazu ein. Mit viel Subtilität bringen wir dabei Sven und Miriam so weit zusammen, daß sie sich wiedersehen wollen. Und wenn ich sage ›mit viel Subtilität‹, dann meine ich, daß *du* so wenig wie möglich sagst ...«

»Mmph ...«

»Nimm's nicht persönlich ... Okay, Stufe zwei: Paul trägt ab sofort wieder Windeln und bekommt bei jeder denkbaren Gelegenheit einen Schnuller angeboten. Miriam erzählen wir natürlich, daß er mittlerweile töpfchentauglich ist und keine Schnullis mehr braucht.«

»Aua!« – ich sehe Tränen, Pipi und versaute Fußböden.

»In der sorgfältig gepackten Tasche, die wir Miriam mitgeben, befinden sich also schon mal keine Windeln, dafür aber natürlich all sein Lieblingsspielzeug, sein meistgeliebtes Stofftier und seine favorisierten Bilderbücher. Als da wären ...«

Andrea sieht mich erwartungsvoll an. Ich, der ich mal wieder gar nichts verstehe, sage wahrheitsgemäß: »Sein Feuerwehrauto, die gelbe Trompete, Kroko das Stoffkrokodil, *Benjamin Blümchen als Feuerwehrmann* und *Die wilden Kerle* und alle *Jan und Julia*-Bände.«

Andrea grinst breit. »Ja, *damit* wäre Miriams Leben leichter. Wir aber packen das Puzzle ein, das er nicht leiden kann, das kratzige Frottee-Schweinchen und all die schönen und pädagogisch so wertvollen Bücher, die er mit dem Arsch nicht anguckt.«

Jetzt verstehe ich! Und ich sehe noch mehr Tränen und allerlei Gegenstände, die Paul wütend durch die Gegend schmeißt. Aber Andrea ist immer noch nicht fertig.

»Und weil Vorfreude die schönste Freude ist, erzählen wir Paul ab sofort, was für tolle Sachen Miriam mit ihm in dieser Woche anstellen wird ...« Meine böse Teufelin strahlt über das ganze Gesicht. »Wir erzählen Paul, daß Miriam mit ihm in einen Park fährt, wo es echte Dinosaurier gibt. Und daß er mit einem Segelschiff fahren darf. Und daß er einen ganzen Tag lang im Dorf der Wichtelzwerge wohnen darf ...«

»Es gibt keine Wichtelzwerge«, wage ich einzuwerfen.

»... und genau deshalb wird es für Miriam auch unmöglich sein, all das zu erfüllen, was Paulchen laut brüllend einfordert!«

»Andrea«, sage ich ganz langsam, »erinnere mich gelegentlich daran, daß ich mich niemals, *niemals* mit dir streite.«

»Gern«, sagt Andrea, bedrohlich ernst, wie ich finde. »Und jetzt reden wir über Bea.«

48.

Mein Herz ist stehengeblieben. Einfach so.
Es hat ganz plötzlich aufgehört zu schlagen. Ich bin blau angelaufen, habe noch etwas geröchelt, bin dann mit dem Kopf auf die Tischplatte geknallt, habe »Örks« gesagt und war tot.
Okay, das stimmt nicht. Leider! Ich lebe noch, aber mir ist schwindelig. Ich habe Atemnot. Und, glauben Sie mir, Sie würden sich genauso fühlen, wenn Ihr Lebensgefährte, dessen erbarmungslose, sadistische Seite Sie gerade kennengelernt haben, Ihnen ankündigt, mit Ihnen über Ihren Seitensprung diskutieren zu wollen!
»Geht's dir nicht gut?« fragt Andrea. Schielt sie dabei nicht schon zu meinem großen Brotmesser, das bedrohlich auf dem Tisch liegt?
»Schon okay. Kreislauf!« krächze ich.
»Also, was Bea angeht ...«, hebt Andrea erneut an.
Ich starre sie an. Und ich glaube, ich habe Schweißperlen auf der Stirn. Allerdings ... Allerdings wirkt Andrea gar nicht angriffslustig, sondern eher irritiert. Und dann erklärt sie mir: »Bea nimmt extra eine Woche Urlaub und übernimmt den Nahkampf.«

Erleichterung!
Ich atme so tief aus, daß ich das Gefühl habe, ich würde jetzt wie ein verschrumpelter Luftballon aussehen. Andrea will über Beas Rolle im Paul-Plan sprechen – sonst nichts!
Andrea mustert mich stirnrunzelnd. »Was ist los?« fragt sie mit einer neuerwachten und nun tatsächlich bedrohlichen Mischung aus Sorge und Mißtrauen.
»Ach, ich weiß nicht ... Ich ... Mir macht das alles echt zu schaffen. Ich fühle mich scheiße.«
Andrea hebt die Augenbrauen, einmal kurz, und fährt dann schulterzuckend fort: »Also, Bea übernimmt den Nahkampf ...«
»Du meinst«, werfe ich zaghaft ein, »sie lauert Miriam an einer Straßenecke auf und bricht ihr ein paar Knochen?« Das soll wie ein Witz klingen, kommt aber irgendwie nicht so rüber, da ich Bea ebendies insgeheim durchaus zutraue.
»Nein, mein Schatz. Bea hat ein paar andere Pläne in petto. Sie hat uns nicht alles verraten. Sie meint, sie will uns überraschen. Auf jeden Fall nennt sie es ›Nahkampf‹. Ehrlich gesagt habe ich das Gefühl, ihr macht das alles ziemlich viel Spaß. Als würde sie *Mission: Impossible* spielen oder so etwas.«
Das glaube ich sofort!
»Auf jeden Fall will sie wissen, ob Miriam etwas von Technik versteht.«

Ich lache laut auf: »Miriam glaubt, man braucht einen Freischwimmer, um im Internet surfen zu können. Sie hält Mikrowellenherde für kleine Atomkraftwerke und glaubt, daß der Magnetstreifen auf ihrer Kreditkarte immer nach Norden zeigt.«

»Also nicht«, faßt Andrea kühl zusammen.

»Null. Nada. Njente!« bestätige ich.

»Gut.«

Gerade als ich versuchen will, etwas mehr Informationen über Beas Pläne einzuholen, kommt Paulchen ins Zimmer. Er trieft wie eine Wasserleiche, hat sich den Inhalt einer kompletten Niveacremedose ins Gesicht geschmiert und strahlt wie ein Honigkuchenpferd.

»Paul ist ein Wassamonster«, erklärt er uns. »Hab mir Pulli saubermacht. Mit naß!«

Neoprenanzüge für Kleinkinder wären eine echte Marktlücke ...

Ich gehe mit Paul ins völlig überschwemmte Badezimmer, wo ich erst ihn und dann den Läufer trockne. Andrea macht sich inzwischen auf den Weg in die Agentur, bereits eifrig überlegend, wie sie Sven Miriam schmackhaft machen will.

49.

Ich schiebe Paul im Buggy zum Spielplatz. Dort klettert er auf den Geräten herum, buddelt in der Sandkiste und legt Abertausende von imaginären Kilometern auf dem Wipptier zurück. Ich habe also mehr als genug Zeit zum Überlegen.
Worüber ich nachdenke, ist folgendes: Welcher Idiot hat eigentlich den Begriff des »schwachen Geschlechts« erfunden? Abgesehen davon, daß Männer schwerere Ziegelsteine schleppen können, sind Frauen in jeder Beziehung stärker als wir. Früher einmal habe ich gedacht, daß nur ich es bin, der immer an willensstarke, energische Frauen gerät, aber mittlerweile glaube ich, daß es nahezu allen meinen Geschlechtsgenossen so geht. Es ist, wie Woody Allen einmal sagte: »Ich bin der Haushaltsvorstand, und meine Frau fällt alle Entscheidungen.« Oder wie der alte Witz, daß Männer in der Ehe immer das letzte Wort haben – und das lautet: »Ja, Schatz. Wie du meinst.«
Aber warum, frage ich mich, lesen Frauen dann all diese seltsamen Bücher über grazile Prinzessinnen, die von bärenstarken, urwüchsigen, heroischen Männern aus

der Bedrängnis gerettet werden? Warum himmeln sie Kinomachos an? Wollen Frauen eigentlich gar keine Macher sein? Würden sie am liebsten uns Männern das dominante Feld überlassen und verkneifen es sich nur deshalb, weil wir so blöd sind? Und wird Paulchen, dieser resolute Zwerg, irgendwann auch einmal so jammerlappend durchs Leben irren wie ich?
Ach, Paul. Es tut mir aufrichtig leid, ihm vorsätzlich eine Woche seines Lebens versauen zu müssen. Und irgendwie, wider besseres Wissen, habe ich auch Miriam gegenüber ein schlechtes Gewissen. Ich meine, sie würde bei einem internationalen Kongreß der Miststücke zur ersten Vorsitzenden gewählt werden. Sie ist kaltherzig, egoman und gemein. Und ganz sicher wäre es für Paul besser, komplett unter meiner Ägide aufzuwachsen. Mein Gott, man könnte ihn von Schirinowski adoptieren lassen, und er wäre immer noch nicht schlechter dran als bei Miriam. Aber irgendwie tut es mir weh, ihn mit voller Absicht von seiner Mutter zu entfremden. Sie hat ihn zur Welt gebracht. Und auch wenn sie ihn furchtbar früh hat hängenlassen, so hat sie doch das Recht, an seinem Leben teilzuhaben. Warum nur will sie sich nicht mit den Häppchen zufriedengeben, die ihr aller Logik nach zustehen, sondern statt dessen das ganze Buffet abräumen?
Wenn Anita jetzt hier wäre und Gedanken lesen könnte, würde sie mich vierteilen.

Wieder zu Hause, rufe ich Miriam an und lasse meine große Lüge vom Stapel. Sie ist angenehm überrascht. Natürlich wird sie Paul eine Woche lang nehmen, und sie freue sich sehr, daß ich offensichtlich langsam vernünftig werde. Und, ja, sie würde gern mit uns am Sonntag essen, ich möge aber bitte daran denken, daß sie derzeit auf Kohlenhydrate-Diät sei. Gut. Ich lege auf. Und zittere ein ganz klein bißchen.
Übermorgen beginnt die wichtigste Woche meines Lebens.

50.

Hilfe! Es ist passiert!
Ich habe mit Andrea geschlafen – und dabei an Bea gedacht!
Nicht, daß ich versehentlich lustvoll auf dem Gipfel der Lust den falschen Namen gestöhnt hätte, was schon deshalb nicht passieren könnte, da ich beim Sex im allgemeinen still wie ein Fisch bin. Nein, ich habe permanent Vergleiche angestellt.
Ich wollte das nicht, ehrlich! Aber irgendwie kam ich mir vor wie jemand von Stiftung Warentest. Andreas Busen ist etwas größer und fester als Beas, sie hat diesen Hauch von Röllchen an der Hüfte, den ich so gern knete, und sie scheint immer instinktiv zu ahnen, zu welcher Stellung ich als nächstes gern wechseln würde. Bea dagegen macht zum Beispiel diese irren Dinge mit der Zunge (erwähnte ich das bereits?). Ich meine, kann man mittendrin zu einer Frau so etwas sagen wie »Nicht ganz so schnell!« oder »Jetzt auf- und abschnalzen, nein ... nicht so, mehr ... *äh*, also so vibrieren, so ... *äh*, ich weiß nicht, wie ich das erklären soll, mehr wie eine Schlange, also ...«?

Eher nicht, oder? Ach, Scheiße!

Sex mit Andrea ist toll. Aber jetzt kenne ich ein paar Praktiken, deren hoher Genußfaktor mir vorher noch fremd war. Und selbst wenn ich mir ziemlich sicher bin, daß ich sie Andrea durchaus vorschlagen dürfte, müßte ich doch damit rechnen, daß sie sich (oder, noch schlimmer, *mich*) fragt, wie ich da jetzt plötzlich drauf komme. Nein, auf bestimmte Spielarten der körperlichen Befriedigung muß ich ab sofort wieder verzichten.

Ja, ja, ich weiß. Ich habe kein Mitleid verdient. Ich wollte es ja nur mal erwähnt haben.

Ach ja, Andrea hat mit Sven gesprochen. Er kommt zum Essen. Und er ist schon ganz fickerig. Ich glaube, Andrea hat ihn mit solch einem Berg unverschämter Lügen vollgeschleimt, daß er jetzt glaubt, er würde die Leiterin des Brad-Pitt-Fanclubs treffen. Und daß er Brad Pitt sei.

51.

Samstag Mittag. Genau 24 Stunden vor dem großen Tag. Bea, die noch aufgekratzter ist als sonst, sitzt bei uns am Küchentisch und verlangt wie ein Chirurg von seinen OP-Schwestern die erforderlichen Instrumente: »Schere. Nadel und Faden. Und das Stofftier, das Paul zu Miriam mitnimmt.«

Andrea und ich sehen uns irritiert an. Will Bea einem Stoffschweinchen einen Bypass legen? Während Andrea die angeforderten Utensilien holt, kramt Bea aus ihrem Rucksack mit der Aufschrift *Elvis has left the building* ein kleines Gerät hervor. Einen Pager.

Pager, falls Sie es nicht wissen sollten, nennt man im Volksmund auch »Pieper«. Wichtige Menschen, Menschen, die sich zumindest für wichtig halten, und allerlei Teenager schleppen sie in letzter Zeit verstärkt mit sich herum. Einen Pager kann man anwählen, dann piept er mehrmals lautstark, und der angepagte Mitbürger kann auf seinem Gerät eine kurze Botschaft ablesen. Außer für Notärzte ist das ein zutiefst entbehrliches Gerät, wenn Sie mich fragen.

»Ich hätte nicht gedacht, daß du so etwas besitzt«, sage

ich zu Bea. Aber die lacht: »Der ist nicht für mich, der ist für Paul!«
Gerade als ich ihr zaghaft andeuten möchte, daß Paul mit der Bedienung dieses Geräts ganz sicher überfordert wäre und daß er, selbst wenn er es in Gang setzen könnte, nicht in der Lage wäre, die darauf erscheinende Botschaft zu lesen, erklärt Bea mir die wirkliche Funktion des Pagers. »Ich nähe ihn in sein Stofftier ein. Ihr müßt Miriam unbedingt sagen, daß das Tier bei Paulchen im Bett liegen muß. Und dann wähle ich das Gerät mehrmals pro Nacht an. Ich lasse es nur vier-, fünfmal piepen. Paul wacht auf, ruft nach Miriam – oder, noch besser, nach dir oder Andrea –, und Miriam muß ihn dann wieder mühsam beruhigen. Drei-, viermal pro Nacht, und deine Ex geht auf dem Zahnfleisch.«
Okay. Jetzt reicht's!
Aus! Schluß!
Ich schlage mit der flachen Hand auf den Tisch.
»Sagt mal, seid ihr alle verrückt geworden?« Ich rede viel lauter, als ich eigentlich will. »Du sprichst hier von der vorsätzlichen Folterung meines Kindes! Ich meine, kennst du nicht die Amnesty-International-Berichte, wo politische Gefangene künstlich wach gehalten werden, über mehrere Tage und Nächte hinweg, bis sie völlig abschmieren? So etwas willst du *meinem* Sohn antun?«

Bea ist verblüfft. Sie hat wohl wirklich geglaubt, es wäre eine tolle Idee, und hat vermutlich damit gerechnet, daß ich ihr freudestrahlend zu diesem Einfall gratuliere. Und jetzt muß sie sich – ausgerechnet von mir – vorwerfen lassen, daß sie Kindesmißhandlung für ein probates Mittel im Streit zwischen Erwachsenen hält ...
»Es sind doch nur ein paar Nächte«, versucht sie mit brüchiger Stimme zu argumentieren. »Und es ist doch für einen guten Zweck. Natürlich ist es für Paul Scheiße, aber sieh es doch mal logisch ...«
»Logik hat damit gar nichts zu tun«, poltere ich jetzt richtig wütend. »Wenn du ein Kind liebst, dann ist Logik das *letzte*, was dich interessiert. Du willst es beschützen. Du möchtest, daß es ihm gutgeht. Und kein einziger Grund der Welt, nicht einer, kann dich dazu bringen, deinem Kind absichtlich weh zu tun.«
Ich glaube, gleich fange ich an zu hyperventilieren.
Mann, bin ich sauer!
Gar nicht mal auf Bea – nein, auf uns alle. Was haben wir uns da eigentlich gedacht? Sind wir völlig irre? Das ist doch alles kein Spiel, verdammt noch mal. Und dann – stinkwütend, in absoluter Rage nicht mehr Herr meines verbalen Ausflusses – brülle ich etwas, was ich nie hätte brüllen dürfen: »Ein Pager im Stofftier? Scheiße! Auf so eine perverse Idee würde ja nicht mal Miriam kommen!«
Bea starrt mich an. Entsetzt. Verletzt. Ich will's sofort

zurücknehmen. Mein Gott, es tut mir leid! Ich weiß ja, daß wir uns alle nur gegenseitig hochgeschaukelt haben, daß uns allen der Sinn fürs Realistische abhanden gekommen ist. Aber es geht nicht. Selbst wenn ich's jetzt widerrufe, es bleibt hängen. Für immer. So etwas vergißt und vergibt man nicht. Ich habe so ziemlich das Gemeinste zu Bea gesagt, was ich sagen konnte. Und deshalb springt sie jetzt auf, mit Tränen in den Augen, rennt in den Flur, schnappt sich ihre Lederjacke und stürmt aus der Wohnung.

Andrea, die gerade mit einer Nähnadel und einer Rolle Zwirn aus dem Schlafzimmer kommt, hört nur noch die Tür krachen. Irritiert sieht sie mich an. »War das Bea?« fragt sie.

»Wir müssen reden«, sage ich.

52.

Wenn Sie glauben, ich würde Andrea jetzt alles (wirklich *alles*) erzählen, dann sind Sie verrückt. Ich habe vielleicht gerade einen zutiefst ungewöhnlichen Anfall von Bestimmtheit und Entschlußfreudigkeit, aber ich bin kein Selbstmörder. Nein, das zwischen Bea und mir wird Andrea nie erfahren. Was ich aber tue, ist folgendes: Ich blase alles ab. Na ja, so ziemlich alles. Ich denke, wir können ruhig weiter die Sache mit Sven und Miriam probieren, damit tun wir niemandem weh. Und mir fällt auch kein plausibler Grund ein, mit dem wir Paulchens Woche bei Miriam rückgängig machen können. Aber wir werden nicht mein Kind quälen, um Miriam zu zermürben. Wir werden Windeln und Schnuller einpacken, seinen Kroko und seine Lieblingsbücher. Basta!

Andrea starrt mich bei meinem atemlosen Monolog mit offenem Mund staunend an. So müssen die Krieger in der Kalahari-Wüste ausgesehen haben, als sie dereinst in den Himmel blickten und statt eines Vogelschwarms ihre erste Boeing 707 sahen. Ich glaube, ich bin ein Schock für sie. Aber ich schalte nicht einen

Gang zurück, sondern schwadroniere eine Viertelstunde atemlos, aber trotzdem laut und energisch.
»Wenn wir Sven und Miriam verkuppeln können und Miriam das so ablenkt, daß sie das Interesse an Paul wieder verliert, prima«, rattere ich. »Wenn nicht, dann werden wir irgendeinen anderen Weg finden, mit der Sache klarzukommen. Und wenn alle Stricke reißen, dann wird Miriam eben exakt die halbe Zeit mit Paul verbringen, und ich werde mir in der anderen Hälfte den Arsch aufreißen, um all das wieder auszubügeln, was sie angerichtet hat. Aber ich spiele jedenfalls keinen pubertären Partisanenkrieg, in dem mein Sohn zwischen den Fronten aufgerieben wird!«
Nach diesen letzten Worten sacke ich zurück, atme tief aus und warte auf eine Antwort. Andrea sieht mich sehr lange an, immer noch erstaunt ob meiner seltsamen Verwandlung. Dann erhebt sie sich langsam, umarmt mich, streicht mir übers Haar und sagt: »Sebastian, ich bin stolz auf dich. Richtig stolz!«

53.

Den Rest des Tages und den ganzen Abend habe ich versucht, Bea zu erreichen. Es war immer nur ihr Anrufbeantworter dran. Dreimal habe ich eine Nachricht hinterlassen, daß es mir leid tue und daß sie mich bitte zurückrufen möge, weitere vier- oder fünfmal habe ich dagegen einfach wieder aufgelegt.
Einen guten Aspekt hat dieser alles in allem traurige Vorfall. Ich bin endgültig über Bea hinweg. Ich kann nicht einmal rein hypothetisch über eine Zukunft mit einer Frau spekulieren, die ein derartiges Verhältnis zu Kindern hat. Verstehen Sie mich nicht falsch: Ich werfe es ihr gar nicht vor. Ich gehöre weiß Gott nicht zu den Leuten, die Kinderliebe für die eine, alles überwältigende Tugend halten. Wer keine Beziehung zu Kindern hat, sollte keine bekommen. Ganz einfach. Aber da ich nun mal Vater bin (und das sogar sehr gerne, wie Sie mittlerweile erkannt haben dürften!), muß ich Paul eben in meine Überlegungen einbeziehen.
Mal abgesehen von Beas sexuellen Talenten, waren es doch wohl vorwiegend ihre Spontaneität und ihre unkonventionelle Form der Lebensführung, die mir so an

ihr gefallen hat, daß ich schwach geworden bin. Aber was soll ich mir weiter vormachen? Daß das tatsächlich auf *mich* abfärben würde? Ich bin nicht sehr spontan; die Unkonventionalität, die ich an anderen Leuten so bewundere, ist in meinen Genen einfach nicht vorhanden. Ich bin ein dröger, mehr oder weniger netter Furz. Und diese Tatsache werde ich ab sofort nicht mehr verleugnen, weder vor mir selbst noch vor anderen. Denn nichts ist erbärmlicher als Leute, die gegen ihren eigenen genetischen Code leben, finde ich.

Nein, mit Andrea habe ich die Frau, die zu mir paßt. Ihr war bei all diesen sadistischen Paul-Plänen auch schon mulmig, sagt sie. Und spätestens, wenn sie von Beas Pager-Idee gehört hätte, wäre auch sie explodiert. Und wissen Sie was: Ich glaube ihr. Andrea mag nicht der Inbegriff der Exzentrik sein, aber sie ist wunderbar geradeaus. Und sie lügt nicht!

Ich liebe Andrea. Und das jeden Tag ein bißchen mehr. Heute abend habe ich sie sogar zu einem kleinen Ausflug in meine Leidenschaften überreden können: Ich habe sie so lange genervt, bis sie (wenn auch murrend) ihren John-Grisham-Roman zur Seite legte und mit mir eine Stunde lang *Zelda* auf dem Nintendo spielte. Es hat ihr tatsächlich Spaß gemacht. Okay, nur ein kleiner Sieg, zugegeben. Aber ich suche ja auch nur das kleine Glück. Und finde das ganz okay so.

Wissen Sie, warum sich alle Welt heute voneinander

trennt? Warum Kinder, deren Eltern tatsächlich nicht geschieden sind, wie Exoten über den Schulhof irren? Und warum man Menschen, die freimütig sagen, daß sie eine gute, intakte, schöne Beziehung haben, besser nicht nur mit der Lupe, sondern gleich mit dem Elektronenmikroskop suchen sollte? Weil wir alle glauben, daß da irgendwo doch noch mehr sein muß. Wir sind alle so vollgepfropft mit schönen Medienmenschen, daß wir beim ersten Anzeichen von Orangenhaut oder Übergewicht unseres Lebensgefährten in Panik verfallen. Wir sehen all diese Rama-Frühstücksdödel, die sonnig strahlend im Garten ihre außergewöhnlich edle erste Mahlzeit des Tages einnehmen, die sich dabei anlächeln und gurrend besäuseln. Und dann sitzen wir am nächsten Morgen in unserer Einbauküche, würgen die Aufbackbrötchen herunter, deren Verfallsdatum schon vor drei Tagen abgelaufen ist, und haben keine Ahnung, was wir uns Fröhliches erzählen sollen, da wir ja erst gestern abend miteinander geredet haben und seitdem nichts Spannendes passiert ist.
Tragisch?
Nö, eben nicht! Wie der große Philosoph Frank Sinatra einst feststellte: *That's Life*.
Da gibt es Leute, die leben in Heidelberg und träumen vom Aussteigen. Sie verkaufen ihr Hab und Gut, ziehen auf irgendeine Karibikinsel, wo sie den halben Tag lang unter Palmen liegen und die andere Hälfte des Tages

Gemüse und Obst an Touristen verkaufen. Und auf der nächsten Insel sitzt irgendein karibischer Fischer, der davon träumt, in New York einen Schnellimbiß aufzumachen. Und irgendwo in New York möchte jemand für zehn Jahre in Europa leben, wo es so wahnsinnig viel Kultur und irre alte Häuser gibt. Am liebsten würde er nach Heidelberg gehen.
Bei der nächsten Auflage des Duden können die Lektoren das Wort »Zufriedenheit« streichen. Es scheint ja sowieso niemand mehr zu kennen.
Ich erzähle Ihnen mal, was mich glücklicher machte als alles andere auf der Welt: Als ich neulich Paul ins Bett brachte, ihm eine Gutenachtgeschichte vorlas, ihn zudeckte, einen Kuß gab und »Träum was Schönes« sagte. Und der Kleine strahlt mich an und sagt: »Paul träumt was ganz doll Schönes. Paul träumt von Papa.« Besser kann's nicht werden.

54.

Andrea steht seit neun Uhr in der Küche. Sie röstet Pinienkerne an, verrührt Kräuter, Parmesan und Olivenöl zu einem wunderbaren Pesto, drapiert Parmaschinken auf Honigmelonenscheiben, stellt Prosecco kalt und mariniert die Lammkoteletts, die sie nachher in den Ofen schieben wird.

Ich sitze mit Paul im Kinderzimmer, albere mit den *Winnie Puh*- und *Tigger*-Fingerpuppen herum und erzähle ihm, daß er die nächste Woche bei Miriam verbringen wird. Paul freut sich. Und das freut mich. So schlimm, denke ich, ist es für ihn dort wohl doch nicht. Er bekommt von seiner Mutter zwar mehr Mist in die Gehörgänge gekippt, als ein Klärwerk während einer gesamten Schicht verarbeiten muß, aber Kinder haben ein erstaunliches Talent, wenn es darum geht, verwertbare Informationen, erfreuliche Erkenntnisse und typische Erwachsenenabsurditäten sorgsam voneinander zu trennen.

Nicht, daß ich mich mit meinem Schicksal abgefunden hätte. Ich hoffe inständig, daß wir Sven und Miriam heute zusammenschweißen können. Da sie beide aus mehr oder weniger denselben Komponenten bestehen – Eitelkeit, Arroganz, Selbstgefälligkeit, Rücksichtslosigkeit und dem totalen Desinteresse an allen Dingen, die sie nicht unmittelbar selbst betreffen –, scheint eine chemische Reaktion keineswegs ausgeschlossen. Aber ich bin auch bereit, mich einem Mißerfolg zu beugen. Irgendwie wird irgendwann schon irgendwas klappen. Heute ist einer der Tage, an dem mir seltsam bewußt wird, daß ich tief in meinem Innersten ein Optimist bin.

Es klingelt an der Tür. Und da es sich nicht so anhört, als würde jemand mit dem Preßlufthammer den Klingelknopf traktieren, ist es wohl nicht Miriam, sondern Sven. Ich erhebe mich aus dem Schneidersitz (mit zwanzig konnte ich das noch doppelt so schnell) und höre durch den Flur, wie Andrea Sven begrüßt.
Als ich dazustoße, hängt Sven gerade seine Jacke an den Haken, und Andrea geht mit einem Blumenstrauß in die Küche, um eine Vase zu holen.
»He, Alter!« ruft Sven und hält tatsächlich die Handfläche hoch, damit ich ihm darauf schlage. Manchmal fordert er sogar noch verbal dazu auf: »Gimme five!« Gibt es etwas Entwürdigenderes, als mit einem ausgewachsenen Mann Patschhändchen zu spielen? Wenn irgendwelche Fünfzehnjährigen, deren Hosen in den Kniekehlen hängen, die einen Nasenring und eine

Wollmütze mit kryptischer Aufschrift tragen, sich so begrüßen, ist's komisch, okay. Bei einem Mann, dessen erste Prostatabeschwerden nicht mehr so fern sind, wie er vielleicht glaubt, hat es etwas Tragisches. Aber ich will ja gute Stimmung, also klatsche ich meine Hand gegen seine, grinse und tue so, als ob ich es ganz normal fände, mich wie ein Schwachkopf aufzuführen.
Ich führe Sven, der vorher noch nie bei mir war, ins Wohnzimmer. Er wirft einen langen Blick auf die Stirnwand des Zimmers, die von drei überdimensionalen, vollgepfropften Bücherregalen bedeckt ist. Wenn er jetzt fragt, ob ich all diese Bücher wirklich gelesen hätte, bekomme ich einen Schreikrampf. Aber Sven verkneift es sich, wohl damit er nicht wirkt wie ein völlig unbelesener Depp – obwohl er natürlich genau das ist.
Sven läßt sich aufs Sofa fallen. »Dein *Malina*-Slogan ist eingeschlagen wie eine Bombe. Aber das hat dir Andrea sicher schon erzählt.«
Hat sie nicht, da sie sehr wohl weiß, daß mich meine Agenturarbeit immer nur bis zum Eintreffen des Honorarschecks interessiert. Aber das würde Sven, der Werbung tatsächlich für eine Kunstform hält, niemals verstehen. Also sage ich: »Ja, natürlich. Freut mich, daß ich den Punkt getroffen habe.«
»Aber voll in die Mitte«, strahlt Sven, und für einen schrecklichen Moment fürchte ich, er würde zu einem zweiten Patschhändchen-Ritual ausholen. Doch Svens

Hände greifen glücklicherweise nur nach dem Proseccoglas, das die gerade erschienene Andrea ihm reicht. Sie lächelt, dreht sich um und hält auf dem Weg zurück in die Küche kurz an, um mir einen Kuß zu geben.

Als Andrea wieder verschwunden ist, hebt Sven den Daumen hoch. »Cool mit euch beiden. Echt ungewöhnlich, aber cool. Ich habe schon immer gedacht, daß ihr ein starkes Paar wärt.«

Ich bin mir ziemlich sicher, daß er damit andeuten will, daß seine proppere Graphikerin ja wohl kaum mehr verdient hätte als einen trantütigen Auftragstexter. Aber das ist mir egal. Ich meine, wenn ich jemals den Punkt erreichen sollte, an dem mir die Meinung von Leuten wie Sven irgendwie relevant erscheint, dann möge man mich bitte erschießen.

Ich überlege gerade, was ich antworten soll, als es erneut an der Tür klingelt. Dreimal. Mit Schmackes. Sofort höre ich Paul »Miriam!« johlen und durch den Flur stürmen.

Es geht los.

55.

Sven und sein Prosecco bleiben im Wohnzimmer, während ich mich zur Wohnungstür begebe. Schon der erste Blick auf Miriam zeigt mir, daß die Zeichen auf Sturm stehen. Ich kenne meine Ex so lange und so gut, daß ich jeden ihrer Gesichtsausdrücke interpretieren kann. Okay, das ist keine wirklich große Leistung, da Miriam überhaupt nur über drei Gesichtsausdrücke verfügt: eisig, süffisant und *Bullshit*-herzlich. Und alle drei bedeuten, daß die Zeichen auf Sturm stehen. Momentan hat sie eine Untergruppe aufgelegt, eine Mixtur aus eisig und jener verlogenen Freundlichkeit, die sie in ihre Mimik zwingt, wenn sie etwas will. Sie gibt Andrea ein zickig hingehauchtes Begrüßungsküßchen auf die Wange, und Andrea, jenes wundersame Wesen, strahlt Miriam regelrecht an. Ich meine, Miriam ist die Frau, die Andrea unlängst gegenüber ihrem Anwalt als übergewichtige Alkoholikerin denunzierte, aber Andrea scheint das völlig vergessen zu haben. Auch ich bekomme von Miriam einen angedeuteten Begrüßungskuß, während Paul einen Meter unter uns an Miriams Bein rüttelt und allerlei Zeugs plappert – von *Winnie*

Puh, seinem Trecker und dem großen Öltanker, mit dem er in die weite, weite Welt fahren will.
Plötzlich scheint Miriam einzufallen, daß sie ja neuerdings eine liebende Übermutter sein will; darum hievt sie Paul schnell auf ihren Arm, küßt ihn und tut so, als würde sie seinen Geschichten konzentriert lauschen.
Wir begeben uns alle ins Wohnzimmer, wo Sven sich eifrig erhebt und Miriam begrüßt. O mein Gott, und wie er sie begrüßt! Ich weiß nicht genau, was Andrea ihm erzählt hat, aber es war eindeutig zuviel des Guten. Sven scheint fest überzeugt, daß dieses ganze Essen nur stattfindet, damit er Miriam ins Bett mitnehmen kann. Als hätte er sie schon im Sack. Er zwinkert ihr tatsächlich zu! Ich würde mich nicht wundern, wenn er sich als nächstes zurücklehnt, seinen Hosenstall aufmacht und mit dem Finger in Richtung Miriam schnippt.
Auch Miriam registriert, daß etwas Seltsames vorgeht. Sie blickt Sven abfällig an, als wäre er ein häßlicher Fleck auf dem Sofa. Doch Sven merkt das nicht. Er strahlt übers ganze Gesicht. Dummer, kleiner, selbstverliebter Sven.
Andrea dirigiert uns alle an den Eßtisch. Miriam möchte keinen Prosecco, sondern lieber ein Evian. Natürlich haben wir kein Evian, sondern nur Fürst-Bismarck-Selters mit wenig Kohlensäure. Eigentlich ist Miriam das egal – sie wollte wohl nur mal kurz andeuten, daß

ganz egal, was wir auch tun, es nie gut genug für sie sein wird.

»Wir haben uns ja schon lange nicht mehr gesehen«, grinst Sven Miriam an. Und die setzt ihren Drei-Sterne-Gefrierfachblick auf und sagt: »Ehrlich gesagt, kann ich mich nicht erinnern, daß wir uns überhaupt jemals begegnet sind.«

Aua!

Jetzt dämmert es selbst meinem *Art Director*, daß Miriam womöglich doch nicht mit der alleinigen Absicht hergekommen ist, sich ihm als willige Sklavin darzubieten. Er blickt irritiert zu mir herüber, aber ich schaue blitzschnell nach unten und mustere meinen Schoß dermaßen konzentriert, als hätte ich dort gerade den Schatz der Sierra Madre gefunden.

»Wir … äh«, stammelt Sven »sind uns mal bei einer Agentur-Party begegnet.«

»Aha. Sie sind also auch in der … Werbung«, sagt Miriam. Und es klingt so, als hätte er gerade gestanden, seine Brötchen damit zu verdienen, daß er Leichen wäscht.

»Ich bin *Art Director* bei *Kyle & McLachlan*«, stammelt Sven. »Sebastians Boß sozusagen.«

Miriam mustert ihn. »Boß?« fragt sie betont langsam. »Und ich dachte immer, Sebastian sei selbständig.«

Hey – das finde ich irgendwie süß. Aber auch beängstigend! Wenn Miriam gegenüber jemand anderem meine Partei ergreift, dann bedeutet das, daß sie ebendiesen anderen mindestens für den Abschaum des Universums hält. Es steht völlig außer Frage, daß unser Verkupplungsplan nicht klappen wird. Miriam hat sich binnen dreißig Sekunden auf Sven eingeschossen. Überhaupt wirkt sie heute kriegslustiger denn je. Aber jetzt, wo ich sie genauer mustere, macht sie auch einen seltsam fahrigen Eindruck. Da ist ein Hauch von Unsicherheit unter ihrem Panzer. Sie knetet unentwegt ihre Hände, manchmal hält sie sich an der Tischkante fest, als hätte sie Angst umzukippen.

Die Stimmung bei den israelisch-palästinensischen Verhandlungen über die umkämpften Autonomiegebiete könnte nicht angespannter sein als die an unserem Eßtisch. Gerade als Sven den Mund aufmachen und ganz zweifelsohne eine neue Dummheit herauslassen will, kommen Andrea und Paul herein. Andrea trägt drei Teller mit Melone und Parmaschinken. Mein stolzer Sohn trägt auch einen, den er vor seiner Mutter auf den Tisch stellt. Miriam lächelt ihn an und tätschelt seinen Kopf. Er nimmt das als Aufforderung, auf ihren Schoß zu klettern. Sie sieht ein bißchen irritiert aus.

Andrea läßt den Blick über die Runde schweifen und signalisiert mir schließlich mit den Augen die Frage, ob irgend etwas nicht stimme. Ich verziehe mein Gesicht zu einer Grimasse, als befände ich mich im Würgegriff einer besonders schlecht gelaunten Boa Constrictor. Sven, der jetzt ganz sicher auch lieber zu Hause oder sonstwo auf dem Planeten wäre als hier, versucht die miese Stimmung unbeholfen zu durchbrechen: »Mmmh. Das sieht ja toll aus«, schwärmt er etwas zu euphorisch im Angesicht der doch eher unraffinierten Vorspeise. »Also, dann – guten Appetit!«

»Guten Appetit«, strahlt Andrea bemüht. »Gut'n«, murmle ich. Miriam sagt gar nichts – sie pult mit Messer und Gabel den Schinken von der Melone, als wäre er eine Schimmelschicht, und verbannt ihn an den Tellerrand.

56.

Wir reden nicht über Paul und unseren Konflikt. Zum einen, weil Sven mit am Tisch sitzt, den das alles überhaupt nichts angeht, zum anderen, weil Paulchen selbst auf Miriams Schoß mit gespannter Miene unserer Konversation lauscht. Selbst Miriam scheint zu wissen, daß zweieinhalbjährige Knirpse schon viel, viel mehr verstehen, als man gemeinhin glaubt.

Andrea plappert allerlei Unverbindlichkeiten und sieht hin und wieder bettelnd zu mir herüber, damit ich sie unterstütze. Aber da mir partout kein besseres Gesprächsthema einfällt als das Wetter, sage ich lieber gar nichts. Sven unternimmt irgendwann noch einen letzten, verzweifelten Versuch, Eindruck zu schinden, und erzählt von einer Geschäftsreise nach New York. Miriam aber blickt ihn dabei so angeekelt an, als würde er gerade freimütig von seinen vergeblichen Versuchen berichten, seinen Fußschweiß unter Kontrolle zu bringen. Und da tut Sven, was er viel öfter tun sollte: Er hält die Klappe.

Schließlich steht Andrea auf, um den Hauptgang zu holen. Wir drei Erwachsenen starren wortlos und kon-

zentriert auf irgend etwas auf der Tischdecke und freuen uns ungemein, als Paul das Tischgespräch mit einem längeren Monolog über das Schnappkrokodil, das sich nie die Zähne putzen wollte, übernimmt.
Andrea kommt zurück und serviert uns duftende Lammkoteletts mit Pesto-Spaghetti. Scheinbar bringt das Miriam endgültig zum Platzen. Sie starrt mich an und zischt: »Habe ich dir nicht gesagt, daß ich gerade eine Kohlenhydrate-Diät mache?«
Ich zucke schuldbewußt zusammen. »Oh. Scheiße! Das habe ich völlig vergessen …«
Sven, der eine letzte Chance wittert, doch noch bei Miriam zu punkten, sagt tatsächlich: »Eine Diät? Ich bitte Sie, Sie haben doch eine Traumfigur!«
Miriam wirft ihm nur einen einzigen kurzen Blick zu. Einen ganz, ganz kurzen. Und ich rechne damit, daß Sven jetzt kollabiert. Aber er schluckt nur tief und beginnt sich dann betont konzentriert seinem Essen zu widmen.
Andrea fängt, glaube ich, gleich zu heulen an. Ich möchte sterben. Wieder rettet Paul die Situation, indem er strahlend auf die Spaghetti zeigt und verkündet: »Paul mag Nudeln. Haben wollen.«
Jetzt merkt auch Miriam, daß sie übertreibt. Sie wendet sich Andrea zu und sagt zu unser aller Überraschung recht versöhnlich: »Entschuldige. Ich weiß auch nicht, was heute mit mir los ist. Ich habe mörderische Kopf-

schmerzen. Tut mir leid.« Und als ob sie merkt, daß sie aus Versehen fast freundlich gewesen ist, setzt sie noch schnell und scharf dazu: »Ein kleiner Ausrutscher muß ja mal drin sein, oder?«
»Möchtest du eine Aspirin?« bietet Andrea ihr sichtlich gelöst an.
»Nein, danke, ich hatte schon drei. Also«, sagt Miriam entschlossen, »guten Appetit!«
»Guten Appetit«, sagt Andrea.
»Gut'n Appetit«, kräht Paul. Sven und ich kauen bereits und tun so, als wären wir gar nicht da.
Miriam nimmt eine Gabel voll Spaghetti, kaut mühsam, schluckt ... und springt dann auf, wobei sie fast Paul zu Boden befördert, rennt ins Badezimmer und knallt die Tür zu. Was uns freilich nicht daran hindert zuzuhören, wie sie geräuschvoll kotzt.

57.

Nicht einmal eine Viertelstunde später sind Andrea und ich allein. Miriam hatte nur noch etwas von Grippe gemurmelt, sich Paul geschnappt und verkrümelt. Sven, König der Idioten, wollte noch auf einen Prosecco bleiben und vermutlich eine Erklärung bekommen, was das alles zu bedeuten hatte. Aber wir haben ihn mit sanfter Gewalt abgeschoben. Ich glaube nicht, daß ich jemals wieder einen Auftrag von *Kyle & McLachlan* bekommen werde, und Andrea wird sich morgen in der Agentur den Mund fusselig reden müssen, um nicht geradewegs in die Mobbing-Hölle zu geraten. Aber das ist jetzt zweitrangig.

»Das Problem«, mutmaßt Andrea, während sie den Bräter einweicht, »ist vermutlich, daß man nicht zwei Kotzbrocken verkuppeln kann. Schließlich hat Miriam damals dich geheiratet, einen zutiefst netten Menschen.« Sie küßt mich. »Ich glaube, wir müssen sie mit jemandem zusammenbringen, der weniger dominant ist als sie. Wir sollten es noch mit der Nummer zwei auf unserer Liste versuchen. Wie heißt der noch mal? Jens? Der ist doch richtig nett, oder?«

Ich seufze. »Wir sollten den ganzen Schwachsinn vergessen«, sage ich. »Erstens wird das nie klappen. Zweitens mag ich Jens viel zu sehr, um ihn auch nur in die Nähe von Miriam zu lassen.« Ich räume die Teller in die Geschirrspülmaschine ein. »Machen wir uns nichts vor, Miriam hat gewonnen. Sie wird jetzt viel Zeit mit Paul verbringen, und ich werde nichts dagegen tun können. Wir müssen damit leben. Mir steht dieser ganze Scheiß bis hier.« Resignierend halte ich mir die Hand an die Kehle.

»Mußt du etwa auch kotzen?« grinst Andrea.

»Mann, das war vielleicht 'ne Nummer«, lächle ich. Da schießt Andrea plötzlich ein Gedanke durch den Kopf. »Vielleicht ist sie Bulimikerin. Magersüchtig! Das wäre doch eine chronische Krankheit, mit der sie womöglich nicht das Sorgerecht ...«

Ich nehme Andrea den Bräter aus den Händen, umarme sie und sage: »Schluß jetzt. Es ist vorbei.«

58.

Am späten Nachmittag versuche ich noch einmal, Bea zu erreichen – wieder ohne Erfolg. Es ist wieder nur ihr Anrufbeantworter dran. Ich rede ihr richtig lange drauf, berichte ihr von dem verkorksten Abendessen und dem furiosen Scheitern unseres Verkupplungsplans, entschuldige mich noch einmal wortreich für meine wirklich gemeine Beleidigung und flehe sie förmlich an zurückzurufen. Als ich auflege, bin ich ziemlich deprimiert. Ich möchte nicht, daß Bea wieder aus meinem Leben verschwindet. Sie ist vielleicht nicht die Frau, mit der ich zusammenleben könnte – aber sie ist ganz sicher die beste platonische Freundin, die man sich denken kann.

Andrea ruft noch bei Anita an und bringt sie auf den neuesten Stand. Meine resolute Schwester ist scheinbar unglücklich darüber, daß nun doch keiner der so inbrünstig geschmiedeten Pläne zum Einsatz kommt. Sie hätte Miriam einfach gern leiden sehen. Doch auch sie gibt Andrea schließlich recht, daß wir uns alle regelrecht in die Sache hineingesteigert und dabei den gesunden Menschenverstand vergessen hätten.

Am Abend gehen Andrea und ich ins Kino, anschließend sitzen wir noch für zwei Stunden in einer Kneipe. Es ist richtig nett. So erwachsen. Wir reden wenig über Paul und Miriam; es ist alles gesagt, was es dazu zu sagen gibt. Statt dessen beginnen wir darüber nachzudenken, wo wir unseren Urlaub verbringen wollen. Wir planen zweigleisig: eine Ferienvariante mit Kind, eine ohne.

Auch wenn es ein extrem schwacher Trost ist: Durch Miriams Okkupation unseres Familienlebens werden Andrea und ich jetzt jedenfalls mehr Zeit füreinander haben. Und es beruhigt mich ungemein, daß Andrea damit kein Problem zu haben scheint. Sie ist für mich da – ob mit oder ohne Paul. Und all meine Befürchtungen, ihr Hauptinteresse würde nicht mir, sondern meinem Sohn gelten, erscheinen mir jetzt nur noch lächerlich. Mein Gott, sie hat einfach ein großes Herz – daran mußte ich mich als Miriam-Krüppel erst einmal gewöhnen.

59.

Miriam ist wütend.
»Du brauchst mir nicht hinterherzuschnüffeln«, blafft sie mich an. Ich halte den Telefonhörer zehn Zentimeter von meinem Kopf ab, weil mein Ohr ein ziemlich sensibles Organ ist. »Von wo rufst du überhaupt an?« fragt sie dann. »Du hast mir überhaupt nicht erzählt, wo du hinmußt.«
Ach, du Elend, das hatte ich völlig vergessen. Ich bin ja offiziell für eine Woche unterwegs! »Düsseldorf«, stammle ich. »Hier ist so ein ...«
Miriam unterbricht mich unwirsch: »Ist ja auch egal. Also, es geht uns gut. Vielen Dank der Nachfrage. Und ich würde es sehr begrüßen, wenn du mich für den Rest der Woche in Ruhe läßt. Ich bin durchaus in der Lage, für Paul zu sorgen!«
»Wie geht's deinem Magen?« frage ich in einem Anfall von Boshaftigkeit.
»Leck mich am Arsch!« zischt Miriam und legt auf.

Ich wollte ihr nicht hinterherspionieren. Wirklich nicht. Ich hatte nur gehofft, ein paar Worte mit Paul

wechseln zu können. Er fehlt mir. Es ist absurd, aber wahr. Den lieben langen Tag wusele ich mit dem Kleinen herum, und mindestens ein halbes Dutzend Mal zwischen Sonnenauf- und Sonnenuntergang wünsche ich, er würde mir mal eine Verschnaufpause gönnen. Aber sowie er nicht da ist, bin ich einsam.
Jetzt fühle ich mich noch einen Tick unglücklicher. Seit zwei Tagen versuche ich mir einzureden, daß Miriam und ich in Zukunft allerlei Kompromisse machen können, daß es irgendwie funktionieren wird, daß Paul im steten Wechsel zwischen zwei Elternteilen trotzdem ein fröhliches Kerlchen bleibt. Ich habe Miriam und mich im Geiste friedlich diskutieren sehen, Pläne schmieden und Deals aushandeln. In meiner grenzenlosen Naivität habe ich mir sogar vorgestellt, daß es Tage geben wird, an dem wir alle drei gemeinsam – Paul und seine beiden leiblichen Eltern – einen Ausflug machen, oder so etwas.
Jetzt, nach diesem Telefongespräch, halte ich es für wahrscheinlicher, daß Paulchen in einem Waisenhaus aufwächst. Seine Mutter tot, sein Vater – ihr Mörder – auf ewig im Zuchthaus.
Andrea ist auch nicht da. Sie kann mich nicht trösten. Wahrscheinlich braucht sie selbst Trost, wenn sie heute abend nach Hause kommt, völlig erschöpft von einem ganzen Tag, an dem sie verzweifelt versucht hat, Svens Vergebung zu erkämpfen.

Ich lege eine CD ein, *Oingo Boingo*, und drehe voll auf, als *Insanity* kommt – ein Lied, das von dem geistigen Zusammenbruch und dem daraus resultierenden Amoklauf eines ganz normalen Mannes handelt. Müßig zu erwähnen, daß das meine Laune nicht gerade hebt. Danach spiele ich am Computer ein Stündchen *Unreal* – ich schlachte zwei-, dreihundert Monster ab, die in meiner Phantasie alle Miriam heißen. Und danach fühle ich mich tatsächlich ein ganz klein bißchen besser. Aber nicht so gut, daß ich mir nicht trotzdem ein paar Bücher vom Schreibtisch schnappe und sie alle nacheinander unter lautem Brüllen an die Wand schmeiße. Bei all dem Krach, den ich die letzten Stunden über verursacht habe, habe ich das Klappern des Briefschlitzes nicht gehört. So entdecke ich erst jetzt, als ich mir in der Küche einen Kaffee machen will, den kleinen Briefstapel auf dem Boden. Ich hebe ihn auf und sehe sofort einen Din-A5-Umschlag mit dem Absender *Butterblume Kindertagesstätte e. V.* Darin findet sich ein Brief, der mir mitteilt, daß Paul tatsächlich von seinem Wartelistenplatz in die endgültige Gruppe jener glücklichen Kinder vorgestoßen ist, die die nächsten drei Jahre im *Butterblume*-Paradies verbringen dürfen. Ich, der Erziehungsberechtigte, möge bitte beiliegendes Formular ausfüllen und unterschreiben, um die Anmeldung endgültig zu zementieren.

Ohne lange nachzudenken, schnappe ich mir einen Kugelschreiber, mache entschlossen meine Kreuzchen an den richtigen Stellen, unterschreibe auf der gestrichelten Linie, stecke das Ganze in einen Umschlag, den ich beschrifte und frankiere. Gleich morgen früh werde ich den Brief einwerfen.

Mein Sohn wird ein fröhliches *Butterblume*-Kind! Niemand, auch nicht Miriam, wird das verhindern können. Ich habe die Schnauze voll davon, mich herumschubsen zu lassen. Wenn sie Krieg will, soll sie Krieg haben!

60.

Am nächsten Morgen sitze ich am Schreibtisch in meinem kleinen Bürokabuff und sondiere meine Gefühle. Bin ich noch in Kampfeslust?

Andrea, die gestern regelrecht entsetzt war zu sehen, zu welcher Wut ich fähig bin, hat den ganzen Abend lang ihr Bestes gegeben, mich zu beruhigen. Sie selbst war relativ entspannt, da Sven sich als erstaunlich umgänglich entpuppte. Er hat sich zwar über Miriam aufgeregt, die er »krankhaft feindselig und zickig« fand, mich dagegen stufte er als »neurotisch und rückgratslos« ein. Aber Andrea machte er seltsamerweise keinerlei Vorwürfe. Sie schien für ihn ebenso ein Opfer zu sein wie er. Am Nachmittag hat er sie dann sogar angebaggert, wollte sie zum Essen einladen und sie danach wohl davon überzeugen, daß er ihr in nahezu jeder Hinsicht mehr zu bieten hätte als ihr jetziger, luschiger Lebensgefährte. Andrea aber hat das loyale Weibchen gespielt, die – ganz gleich wie erbärmlich ihr Mann auch sein mag – zu ihm halte, treu und brav, wie es sich für eine Frau geziemt. Man muß schon so sensationell dumm

sein wie Sven, um ausgerechnet Andrea solch eine Rolle zu glauben.
Gestern abend bin ich tatsächlich relativ entspannt eingeschlafen, aber heute morgen, nachdem Andrea gegangen war und ich so gerne mit Paul gesprochen hätte und den noch nicht abgeschickten *Butterblume*-Brief auf dem Tisch sah, da stieg die Wut langsam, aber sicher wieder in mir hoch.
Und jetzt, genau in diesem Moment, bin ich schon wieder auf hundertachtzig! Also schalte ich den Computer ein, klicke mich in Winword und beginne, Miriam einen Brief zu schreiben.

Miriam,
diesen Brief bekommst Du, weil Du ihn nicht unterbrechen kannst, ihn noch so zickig und durchdringend anschauen magst, wie Du willst, und er sich trotzdem nicht bremsen läßt. Diesen Brief bekommst Du, damit Du einmal in voller Länge und aller Deutlichkeit zu hören bekommst, was ich Dir zu sagen habe. Du bist Abfall. Wenn wir Menschen am Fließband entstünden und nicht nach dem biologischen Zufallsprinzip, hätten Dich pflichtbewußte In-

genieure sofort als offenkundige Fehlkonstruktion ausgemustert. Du bist von bestialischer Gefühlskälte, arrogant und nicht einmal ansatzweise fähig zur Selbstkritik. Dein Sohn war gerade mal ein Jahr alt, als Du ihn verlassen hast. Das war keine wirklich große Sache, denn selbst in diesem ersten Jahr warst Du eigentlich nicht für ihn da. Du hast ihn nicht gestillt, weil Du Angst hattest, Deine Brust würde davon »schlauchförmig« werden. Du hast ihn nicht gewickelt, weil Du – »tut mir echt leid« – den Anblick von flüssiger Säuglingsscheiße »ekelerregend« fandest. Wenn Du mit ihm tatsächlich mal gespielt hast, dann mit derselben Hingabe, mit der andere Leute ihre jährliche Einkommensteuererklärung ausfüllen. Und ich werde nie vergessen, wie Du mich einmal aufgefordert hast, ich solle meinen Sohn nicht so oft küssen – das sei ja schon fast sexueller Mißbrauch. Du bist ein Mensch,

der Zärtlichkeit und Zuneigung für Mißbrauch hält - siehst Du wirklich nicht, wie krank das ist?
Bis vor kurzem hatte ich Mitleid mit Dir. Man kann's wirklich nicht anders sagen. Ich dachte, es müsse schrecklich sein, in einer Welt zu leben, in der alles nur Kalkül ist. Ich hatte Mitleid, weil Dir Dein offenkundig nur begrenzt leidensfähiger und bewundernswert entschlußfreudiger Frühstücksmann davongerannt ist. Ich hatte Mitleid, weil Du auch nicht jünger wirst und irgendwann Deine körperlichen Reize nicht mehr einsetzen kannst und eine einsame, verbitterte, alte Frau sein wirst, die haßerfüllt aufs Abkacken wartet.
Das Mitleid ist vorbei. Seit Du beschlossen hast, mir Paul wegzunehmen, sind wir Feinde. Wenn Du ganz plötzlich Deine Fehler eingesehen hättest, wenn Du jetzt - besser spät als gar nicht - alles hättest gutmachen wollen, dann wäre Dein plötzliches Interesse an

Deinem Kind sogar erfreulich gewesen. Aber Du wolltest nur etwas Neues für Deine Eigentumssammlung, noch etwas, wo Du den Daumen draufhalten kannst.
Komm mir jetzt bitte nicht mit dem Quatsch, daß Paul ein Teil von Dir sei, daß er schließlich aus Deinem Körper stamme. Mit derselben Begründung könntest Du auch jeden Scheißhaufen adoptieren, den Du in die Kloschüssel drückst. Und, wenn Du mich fragst - zwischen dem und Dir bestünde eindeutig mehr Gemeinsamkeit als zwischen Dir und meinem Sohn!
Ich will nicht, daß Paul so wird wie Du. Und deshalb wirst Du ab sofort allen nur erdenklichen Ärger mit mir haben. Ich werde Dir mein Kind nicht überlassen. Und ich sage MEIN Kind, nicht UNSER, weil Du nur zufällig als Gebärhülse fungiert hast. Du hast keinerlei Ansprüche an Paul, Du hast in keinster Weise das Recht, ihn mit Beschlag zu belegen.

Tu uns allen - und Dir selbst - einen Gefallen und laß es bleiben. Niemand will Dich, niemand braucht Dich, niemand mag Dich. Und das alles aus gutem Grund.

Sebastian

Es ist ein idiotischer, kindischer Brief. Er bewirkt überhaupt nichts, er macht vermutlich alles nur noch schlimmer – falls das überhaupt möglich ist. Und doch fühle ich mich besser. Es ist etwas, was schon längst herausmußte. Ich fühle mich völlig befreit. Ich stecke ihn in einen Umschlag, schnappe mir auch noch den *Butterblume*-Brief, ziehe mir die Jacke an und gehe zum Postkasten um die Ecke.

Ich zögere zwei, drei Sekunden, während ich die Klappe des Einwurfschlitzes hochhalte – doch dann werfe ich beide Briefe ein.

61.

Ich biege gerade um die Hausecke, als ich vor meiner Tür Miriam und Paul stehen sehe. Was wollen die beiden hier? Sie denken doch, ich sei in Düsseldorf? Miriam malträtiert in der ihr eigenen Art den Klingelknopf.

Ich stehe da und sehe die beiden verdattert an, als Paulchen mich entdeckt. Er ruft »Papa! Papa!« und rennt auf mich zu. Miriam dreht sich in meine Richtung. Sie sieht seltsam alt aus. Müde und alt. Ich gehe in die Hocke und breite die Arme aus, in die Paul euphorisch hineinrennt. Ich wirble ihn ein paarmal herum, so daß er juchzt, und gehe dann, mit Paul auf dem Arm, zu meiner Exfrau.

»Miriam, hallo ... äh ... das ist ja eine nette Überraschung ... Äh ... also, weißt du, dieser Workshop, in Düsseldorf, also der ist ...« Nein, man kann wirklich nicht behaupten, daß ich zum Lügen geboren wäre.

»Hallo, Sebastian«, unterbricht Miriam meine kläglichen Erklärungsversuche. Und sie sagt es ohne Feindschaft, ohne Aggression. Sie sagt es, als wäre es die anstrengendste Sache der Welt, als ob sie nur noch diese

zwei Worte herauswürgen müßte und dann in Frieden sterben kann.
»Hallo«, sage ich daher sichtlich irritiert.
»Hast du einen Moment Zeit?« fragt Miriam. Ich nicke.

Wir gehen nach oben in die Wohnung, ohne eine Wort zu wechseln. Paul plappert irgendwas, aber ich höre ehrlich gesagt nicht zu. Ich mustere Miriam und wundere mich. Ich habe sie noch nie so ausgepowert gesehen.
Als wir die Wohnung betreten, unsere Jacken ausziehen und in die Küche gehen, wo ich uns einen Tee aufsetze, staune ich plötzlich nicht mehr über Miriam, sondern über mich selbst. Gerade habe ich dieser Frau brieflich den Kampf angesagt, und jetzt, wo sie vor mir steht, mache ich mir plötzlich Sorgen um sie. Vielleicht hat sie Krebs oder so etwas. Ich glaube, Andrea hat recht: Ich bin zu weich für den Krieg.
Miriam sagt immer noch nichts, sondern schaut immer noch hilflos auf Paul, der quasselt und quasselt. Ich habe das Gefühl, wir brauchen Ruhe für das, was jetzt kommen wird. Also erlaube ich meinem Sohn zu seiner hellen Begeisterung eine neue *Plitschi Platschi*-Überschwemmung im Badezimmer.
Als Paulchen glücklich abgezogen ist, setzt sich Miriam an den Küchentisch und seufzt: »Ich muß mich ent-

schuldigen. Nein, zuerst muß ich dir etwas sagen. Ich bin schwanger.«

Wumm!

Das ist eine Überraschung!

Doch dann fällt bei mir die Klappe. Natürlich ist sie schwanger, daß ich da nicht selbst draufgekommen bin!

»Deshalb das Kotzen, mh?« frage ich. Miriam nickt mit traurigen Augen, doch ihr Mund zuckt sarkastisch.

»Herrn Frühstücks letztes Vermächtnis.«

Ich schaue sie lange an. »›Herzlichen Glückwunsch‹ wäre jetzt nicht der richtige Kommentar, oder?«

Miriam zuckt mit den Achseln. »Ich weiß es nicht. Keine Ahnung, ob ich es überhaupt bekommen will.«

»Seit wann weißt du's?«

»Seit gestern nachmittag. Geahnt hab' ich es natürlich schon vorher, aber gestern war ich beim Arzt. Es war ein irrer Tag.«

Ich sage nichts.

»Als ich abends nach Hause kam, wurde es noch verrückter. Da stand eine Frau vor meiner Gartenpforte, dunkle Haare, zuviel Kajal.«

Ich schlucke. Bea! Aber immerhin lächelt Miriam jetzt ein bißchen. »Überraschung, mh? Sie sagte, sie sei eine Freundin von dir und Andrea. Obwohl ich eher den Eindruck hatte, daß sie eine ... ganz *besondere* Freundin von dir ist, oder?«

Ich werde rot, und Miriam grinst breit. So schlecht

kann es ihr gar nicht gehen, daß sie nicht doch ein wenig Sadismus genießt.

»Egal«, sagt Miriam. »Also, diese Bea hat mir alles erzählt. Zwei Stunden lang hat sie mir berichtet – von euren absurden Plänen, von deinem Frust und wie ausgerechnet du am Ende alles abgeblasen hast. Na ja, fast alles.« Jetzt sieht sie mich mit zusammengekniffenen Augen an. »Daß du wirklich geglaubt hast, dieser Schwachkopf von Sven könnte *mein* Interesse wecken, betrachte ich als persönliche Beleidigung.«

Jetzt kann auch ich wieder ein bißchen entspannter grinsen. »Einen Versuch war's wert!«

»Dann solltest du bei deinen Versuchen ein bißchen mehr nachdenken. Und übrigens: Wenn du schon behauptest, in Düsseldorf zu sein, solltest du mich nicht von deinem Telefon zu Hause anrufen. Erinnerst du dich? Wir haben beide ISDN-Leitungen, da sieht man die Nummern im Display.«

Einen Moment lang bekomme ich feuerrote Ohren, aber zum Glück scheint Miriam ja nicht mehr auf dem Kriegspfad zu sein.

»Kurz und knapp: Ich habe nachgedacht.« Miriam sieht mich lange an. »Sehr viel nachgedacht. Bea hat das alles so ... so leidenschaftlich rübergebracht. Es war ein regelrechter Werbefeldzug für dich, meinen aufrechten, liebevollen Exmann und besten Vater der Welt. Bemerkenswerte Frau, diese Bea. Sehr energisch. Na ja,

und ich bin ja nicht wirklich so blind, daß ich nicht sehe, wie toll du mit Paul umgehst.«
Ich schweige. Bin viel zu erstaunt, um etwas zu sagen.
»Und dann habe ich mir vorgestellt, ich würde mein Kind bekommen, und sein Arsch von Vater würde sich bei der Erziehung einmischen wollen«, fährt Miriam fort, »das würde mir ganz sicher auch nicht passen. Und ich war ja tatsächlich nie eine gute Mutter, ich habe viele Fehler gemacht …« Sie schaut mich zerknittert an. »Du kannst mich gern unterbrechen, wenn du willst.«
»Tue ich, wenn ich irgendwann anderer Meinung sein sollte.«
Miriam seufzt. »Also: Ich möchte Frieden. Ich möchte Paul mehr sehen, ich will mir alle Mühe geben, so etwas wie eine Mutter für ihn zu werden. Aber ich werde mich nicht aufdrängen. Ich habe die letzten Tage gesehen, was für ein tolles Kind er ist. Und ich brauche keine Bea, um zu kapieren, daß das im wesentlichen dein Verdienst ist.« Sie sieht mich lange an. »Gib mir einfach eine Chance.«
Jetzt habe ich Tränen in den Augen. Ich bin richtig gerührt!
Ich nehme Miriam in den Arm, die daraufhin auch zu heulen anfängt. Und just in diesem Moment kommt Paul in die Küche, triefnaß, und fragt mit besorgter Stimme: »Miriam aua macht?«

62.

Der Brief! Oh, Scheiße!
Das könnte das kürzeste Happy-End aller Zeiten sein, wenn Miriam morgen diesen Brief bekommt! Gerade ist sie gegangen, da fummle ich Paul auch schon in seine Jacke, ziehe mir die Schuhe an und renne zum Briefkasten. Wenn ich Glück habe, war noch keine Leerung. Mit Paul auf dem Arm rase ich die Treppe hinunter, die Straße entlang und schaue auf das Schild am Kasten. Nächste Leerung: 14:00 Uhr. In einer Dreiviertelstunde. Uff! Ich kaufe Paul beim Bäcker gegenüber ein Croissant und mir selbst einen Becher Kaffee. Durchs Schaufenster beobachte ich konzentriert den Briefkasten.

Endlich sehe ich den Wagen der Bundespost kommen. Ich stürze hinaus und fange den Mann ab, der gerade den Kasten mit seinem Spezialschlüssel öffnen und seinen Inhalt in einen großen Leinensack kippen will.
»Warten Sie!« keuche ich. »Da ist ein Brief drin, der auf keinen Fall abgeschickt werden darf. Es ist lebenswichtig!«

Der Postmann, ein Herr in den Fünfzigern, beleibt und mit strammem Seitenscheitel im grauen Haar, sieht mich skeptisch an. »Wie stellen Sie sich das vor? Da sind rund hundert Briefe drin, soll ich die jetzt etwa alle durchwühlen?«

»Es geht ganz schnell«, flehe ich. »Ich habe ihn selbst geschrieben. Ich weiß, wie er aussieht. Bitte!« Ich sehe den Postmann so flehentlich an, daß er beinahe weich wird. Aber nur beinahe, denn in erster Linie ist er ja immer noch Beamter und als solcher gegen menschliche Regungen denkbar gut gefeit.

»Es tut mir leid«, behauptet er, obwohl das wahrscheinlich gar nicht stimmt, »aber das widerspräche den Vorschriften. Woher soll ich wissen, daß Sie hier nicht einen Postdiebstahl begehen wollen?«

»Ich könnte den Brief sofort zerreißen. Direkt vor Ihren Augen!« schlage ich vor. Der Postmann überlegt. Dann neigt er den Kopf ein wenig zur Seite, als hätte sich ein Gedanke an der Innenwand seines Schädels verhakt und müßte erst mal nach unten plumpsen. Schließlich rafft er sich zu einer großzügigen Geste auf. »Wenn der Absender mit dem Namen auf Ihrem Personalausweis übereinstimmt, dann ist es in Ordnung«, sagt er großzügig.

Ich sehe an mir hinunter: Pulli, Jeans, Turnschuhe. Kein Personalausweis. Und ich habe auch keinen Absender auf den Umschlag geschrieben, mit voller Absicht, damit der Brief Miriam völlig unvorbereitet wie ein Faustschlag trifft. Genau das, was ich jetzt so verzweifelt zu verhindern versuche.

»Ich habe keinen Absender draufgeschrieben«, erkläre ich dem Postmann kleinlaut. »Aber ich kann Ihnen sagen, was in dem Brief steht. Wir öffnen ihn, Sie lesen ihn – und Sie sehen, daß ich nicht lüge.«

Der Postmann sieht aus, als hätte ich ihm gerade in den Schritt gegriffen. »Sie wollen, daß *ich* das *Briefgeheimnis* verletze?«

»Es ist ja kein Geheimnis mehr, wenn ich Ihnen verrate, was in dem Brief steht!« winsele ich.

Der Postmann beugt sich jetzt zu Paul hinunter, der die ganze Zeit brav neben mir steht und unsere Diskussion mit regem Interesse verfolgt. »Armer, kleiner Bub«, sagt er und tätschelt meinem Sohn den Kopf, offenkundig voll Mitleid, daß dieses Kind in der Obhut eines psychopathischen Briefdiebes aufwächst.

Ich will gerade zu einem letzten Flehen anheben, als der Postmann den gesamten Inhalt des Briefkastens in seinem Sack versenkt und – ohne mich eines weiteren Blickes zu würdigen – zu seinem Auto schreitet.

Ich starre dem Sack nach.

Da geht sie hin, meine Zukunft!

63.

Andrea fällt aus allen Wolken, als ich ihr die ganze Geschichte erzähle. Sie kann's kaum glauben. Miriams wundersame Verwandlung überrascht sie nur, mein idiotischer Coup mit dem Brief bringt sie allerdings völlig auf die Palme. Sie liest den Brief an meinem Computer und gibt mir recht, daß Miriam diese Attacke niemals verzeihen wird.

»Verdammt«, blafft Andrea mich an, »den Wisch würde nicht mal *ich* dir verzeihen. Du hast in letzter Zeit ein verdammt ekliges Talent dafür entwickelt, die falschen Dinge von dir zu geben!« Allerdings ist Andrea im Gegensatz zu mir keineswegs der Meinung, daß die Katastrophe unabwendbar ist. Sie ist nicht bereit aufzugeben. Statt dessen geht sie zum Telefon, spricht erst eine halbe Stunde mit Anita und blafft dann bei Bea auf den Anrufbeantworter; sie bittet nicht um einen Rückruf, nein, sie *befiehlt* ihn. In knappen Worten berichtet sie unserem rettenden Engel, was vorgefallen ist, wie beeindruckt Miriam von ihrem Plädoyer war, wie sie offiziell aufgegeben habe und wie ich überdimensionaler Idiot dann alles wieder über den Haufen geworfen habe. »Ruf an!« blafft Andrea in den Hörer. »Jetzt! Sofort!«

Zwei Stunden später hat sich meine Frauenkampfgruppe wieder komplett im Wohnzimmer versammelt. Ich würde Bea zu gern auf ein paar Minuten allein sprechen, doch dazu gibt es keine Chance. So sehe ich nur hin und wieder verstohlen zu ihr hinüber, mit aufrichtig zerknirschtem Gesichtsausdruck, und werde zudem nicht müde zu betonen, wie unsagbar dankbar ich ihr für alles bin, was sie getan hat. Beas Mimik bleibt völlig neutral. So leicht will sie mir keine Absolution erteilen. Obwohl sie es strenggenommen durch ihren Fronteinsatz bei Miriam schon längst getan hat.

»Wir machen folgendes«, erklärt Andrea schließlich. »Wir drei ...«, dann sieht sie kurz zu mir hinüber, dem geknickten, schwanztragenden Trottel, *»äh ...* wir *vier* werden morgen Miriam besuchen. Um ihr zu gratulieren, von wegen Mutterschaft und so, und als große Friedensgeste. Und zufällig werden wir exakt in jenem Moment vor ihrer Tür stehen, wenn auch der Postbote kommt. Im allgemeinen Gewusel wird dann irgendeiner von uns sich die Post vom Boten schnappen und sofort Sebastians Brief unauffällig in der Jackentasche verschwinden lassen.«

»Wir wissen aber doch gar nicht, um wieviel Uhr der Postbote kommt«, wirft Anita ein.

»Stimmt«, sagt Andrea, die natürlich an alles gedacht hat. »Also werden wir ab acht Uhr im Auto an der Straße sitzen und so lange warten, bis wir den Boten mit seinem Rad in die Straße biegen sehen. In dem Moment, in dem er ins Nachbarhaus geht, steigen wir alle aus. Dann dürften wir direkt mit ihm zusammentreffen.«
»Klingt gut für mich«, sagt Bea. »Außerdem habe ich ja eh noch Urlaub.«
»Und ich kann mir den Tag auch noch schnell freinehmen«, verkündet Anita. »Mein Boß ist's gewöhnt.«
»Ich habe Sven schon angerufen«, erklärt Andrea. »Der hat sich mittlerweile dermaßen darauf versteift, mich ins Bett bekommen zu wollen, daß er richtig nett ist, wenn's ums Abbummeln meiner Überstunden geht.«
Ich schaue eifersüchtig zu ihr hinüber. Andrea grinst.
»Okay!« Anita erhebt sich. »Dann treffen wir uns alle morgen um sieben hier.«

64.

Wir haben den Wagen so geparkt, daß er von Miriams Haus aus nicht zu sehen ist. Am Anfang der Straße, nicht weit von einem kleinen Spielplatz entfernt. Mittlerweile ist es halb eins, und die Post war immer noch nicht da. Hier in Volksdorf, wo Miriam mittlerweile dank der skrupellosen Ausnutzung des deutschen Scheidungsrechts allein in der viel zu großen Frühstückvilla lebt, gibt es keine Büros oder Firmen, die die Bundespost dazu anhalten könnten, sich mit der Auslieferung ihrer Briefe zu beeilen.

Ich mußte mich schon dreimal zum Pinkeln in ein Gebüsch schlagen, während Andrea, Anita und Bea mit eiserner Blase durchhalten. Ich habe keine Ahnung, wie Frauen das machen. Ich finde es bewundernswert, aber auch ein wenig übermenschlich und dementsprechend unheimlich.

Jeweils einer von uns überwacht im steten Wechsel Paul, der seit Stunden auf dem Spielplatz tobt und dabei mit allerlei Süßigkeiten vollgestopft wird, damit er seine gute Laune nicht verliert. Paul findet diese Form des Dauerentertainments ziemlich knorke; es wird

nicht leicht werden, ihm demnächst wieder beizubringen, daß die schönste Video-, *Plitschi-Platschi-* und Naschkramphase wieder zu Ende gegangen ist.
Bea hat eine Torte besorgt, die wir Miriam überreichen wollen. Eine echt edle Mokkatorte von Leysieffer, von der Bea sorgfältig alle Marzipanrosen heruntergepult und durch Gewürzgurken (natürlich auch aus Marzipan) ersetzt hat. Wir finden das alle ziemlich witzig, aber irgendwie zuviel des Einfallsreichtums für einen Menschen wie Miriam.
»Wißt ihr was«, sagt Bea zu Andrea und mir, »ich finde Miriam eigentlich ganz okay. Kein leichter Typ, ganz sicher nicht, aber sie hat was.«
Ich verziehe das Gesicht. »Ein kurzer Moment der Selbsterkenntnis macht Menschen noch nicht zu Heiligen«, knurre ich.
Bea funkelt mich mit ihren dunklen Augen an: »Du, lieber Sebastian, warst noch nie ein besonders guter Menschenkenner, wenn ich das mal so sagen darf.«
Ich schlucke pikiert, und Andrea wirft uns beiden einen überaus skeptischen Blick zu.
»Ich meine ja nur«, murmle ich. In diesem Moment klopft Anita von außen an die Scheibe: »Trari trara, die Post ist da!«
Wir sehen eine junge Frau auf einem gelben Rad um die Ecke biegen und wenden unseren Blick nicht mehr von ihr ab. Wir beobachten sie bei jedem einzelnen

Haus, das sie mit der Post beliefert. Zumindest ich fühle mich dabei ein bißchen wie so ein Observationsbulle in einer Krimiserie ... Dann, als die Postbotin sich dem zweigeschossigen Wohnhaus neben Miriams Villa nähert, steigen wir alle aus. Bea trägt die Torte, ich trage Paul. Und wir alle bewegen uns schnellen Schritts auf Miriams Gartentor zu.

65.

Als wir uns dem Zaun nähern, sehen wir bereits Miriam, die im Garten an einem Blumenbeet herumfuhrwerkt. Sie sieht uns erstaunt, aber nicht unerfreut an. Ich setze Paul ab und stelle mich direkt vor den Briefkasten. Und während sich von der einen Seite Miriam nähert und laut »Hallo!« ruft, erscheint von der anderen Seite die Postbotin. Ich springe ihr sofort entgegen und strecke die Hand aus: »Ich nehme das schon. Vielen Dank.« Meine drei Frauen lenken derweil Miriam ab, so gut es geht: Sie überreichen ihr die Torte, gratulieren ihr, umarmen sie und schieben Paul, der ziemlich verdattert wirkt, vor ihre Füße.
Die Postbotin zögert: »Das geht nicht. Außerdem muß ich noch Nachporto kassieren.«
»Kein Problem«, sage ich und fummle in meiner Jacke nach dem Portemonnaie. Die Postbotin wirkt trotzdem unentschlossen. »Entschuldigung«, stammelt sie, »aber das muß der Empfänger …«
O Gott, ich *hasse* die Angestellten der Bundespost! Diese Vorschriftshörigkeit! Dabei hantiert sie sogar schon mit einem unfrankierten, mit allerlei offiziellen

Strafstempeln versehenen Brief herum. Es ist meiner – Mist! Ich habe wohl wirklich in meiner Wut vergessen, eine Briefmarke draufzukleben.
Ich will der Postschnepfe gerade erklären, daß es ihr doch wurscht sein kann, wer das Strafporto bezahlt, und gehe dabei hektisch auf eine derart bedrohliche Tuchfühlung, daß sie nervös mit den Briefen zu Miriam hinüberwedelt und laut »Frau Frühstück! Frau Frühstück!« kreischt. Miriam sieht zu uns herüber, wundert sich und kommt näher. Ich versuche in einem Akt der Verzweiflung, der Postkuh den Brief zu entreißen. Doch die zieht die Hand blitzschnell zurück und ruft »Frau Frühstück! Frau Frühstück!«, als hinge ihr Leben davon ab.
Miriam steht jetzt direkt am Gartentor.
»Ich brauche einmal Nachporto«, keucht die verängstigte Postzicke und will Miriam den Brief reichen. Ich springe direkt dazwischen, greife mir den Brief und schreie fast: »Das würde ich nicht bezahlen! Keine Briefmarke? Und wenn's nur Werbung ist?«
Da ich nicht gerade besonders subtil vorgehe, erwacht jetzt endgültig Miriams Mißtrauen. Mit einer blitzschnellen Bewegung nimmt sie mir den Brief ab und betrachtet ihn. »Das ist ja deine Handschrift«, sagt sie erstaunt.
»Ehrlich?« Ich schwitze. »Ach so, ja. Jetzt weiß ich's wieder. Ach, das ist nur ... *äh*, nur so'n Scheiß. Der hat

sich längst erledigt! Ich kann dir ja erzählen, was drin steht. Ich bin ja jetzt hier. Das Porto kannst du dir sparen …«

Gleich falle ich in Ohnmacht. Meine drei Frauen beobachten die ganze Szene mit angehaltenem Atem.

»Zwei zwanzig«, fordert die Postschlampe mit zittriger Stimme. Und Miriam greift in die Hosentasche, in der sie immer ein paar Münzen hat, und gibt sie der Postbotin. Die sitzt schneller auf dem Rad, als man gucken kann, und verschwindet in maßloser Erleichterung, noch mal mit dem Leben davongekommen zu sein, um die nächste Ecke.

Miriam sieht nachdenklich den Brief an. Ich halte mich am Zaun fest, weil ich befürchte, daß ich gleich zusammenklappe. Andrea, Anita und Bea stehen regungslos etwas abseits.

Und dann reißt Miriam den Brief kurz entschlossen durch.

Einmal längs, dann noch einmal quer.

Und dann wirft sie die Schnipsel in die Mülltonne, die passenderweise direkt neben dem Briefkasten steht.

»Ich schätze«, sagt sie leise zu mir und lächelt, »wir alle haben manchmal schon etwas getan, was wir am liebsten rückgängig machen wollten.« Dann dreht sie sich um, wendet sich wieder den drei Frauen zu, die alle tief ausatmen und strahlen und Miriam nun endgültig die Torte in die Hand drücken. Und schon la-

chen und schnattern sie und bewegen sich in Richtung Haustür.
Ich bleibe noch einen Moment am Zaun stehen, vor Erleichterung wie paralysiert. Und dann bemerke ich, daß Paul direkt vor mir steht und quengelt: »Papa! Arm!«
Wie gewünscht nehme ich ihn hoch, drücke ihn fest an mich und zeige auf die vier kichernden Geschöpfe, die gerade die Frühstücksvilla betreten.
»Frauen«, sage ich zu meinem Sohn. »Das letzte große Geheimnis des Universums!«

ACHT MONATE SPÄTER

»Süß!« juchzt Andrea und tut, was fast alle Leute tun, wenn sie einen frischgeborenen Säugling sehen: Sie drückt einen ihrer Finger gegen die Hand des kleinen Würmchens und staunt, daß dieses gerade mal ein paar Stunden alte Geschöpf schon einen Greifreflex hat.
Miriam strahlt ihre kleine Tochter im Arm glücklich an. »Willst du sie mal halten?« fragt sie Andrea, und die nickt eifrig, nimmt ganz vorsichtig das Kind hoch und beginnt es mit jener speziellen Stimmlage zu besäuseln, die einzig und allein den ganz frischen, winzigen Neubürgern vorbehalten ist.
Miriam ächzt ein wenig, als sie sich aufrichten und nach der Evianflasche auf dem Nachttisch greifen will. Ich komme ihr zuvor, reiche ihr die Flasche, und Miriam läßt sich wieder aufs Kissen plumpsen. In einem Krankenbett, in einem Krankenhaus wirkt Miriam völlig fehl am Platze. Nicht einmal mit den besten Tricks kann es ihr hier gelingen, als Macherin zu erscheinen. Sie sieht müde aus, ist ungeschminkt und hat fettiges Haar. Sie wird sich erst nachher unter die Dusche

schleppen. Und trotzdem sieht sie viel netter und entspannter aus, als ich sie lange Zeit gesehen habe.
Bea sitzt still auf einem Stuhl neben Miriams Bett. Sie lächelt und nimmt jetzt Miriams Hand; die beiden haben sich, so verrückt das klingen mag, in den letzten Monaten richtig angefreundet. Vor einigen Wochen ist Bea sogar in die Frühstück-Villa eingezogen, die jetzt die vielleicht dekadenteste WG Hamburgs darstellt. Bea hat mit Miriam die Geburtsvorbereitungskurse besucht, hat mit ihr die erste Babygarnitur eingekauft und war sogar bei der Entbindung dabei.
»Schade, daß wir nicht lesbisch sind«, hat Bea mir neulich erzählt. »Miriam und ich wären ein gutes Paar.« So leben die beiden aber nun in sexueller Askese, da sie laut eigenem Bekenntnis für die nächste Zeit von Männern erst einmal die Schnauze voll haben. Und zumindest im Falle Bea bin ich daran wohl nicht ganz unschuldig.
Bea und ich haben uns übrigens wieder vertragen, zumindest theoretisch. Wir gehen wie gute Bekannte miteinander um, aber was passiert ist, schwebt immer noch unsichtbar über uns. So richtig dicke Freunde werden wir leider nie sein.
Dafür zeigt Beas guter Einfluß bei Miriam Wirkung. Ich meine, man kann weiß Gott nicht behaupten, daß Miriam sich auf wundersame Weise in einen liebenswerten Menschen verwandelt hätte. Das wäre ähnlich

absurd, als würde uns Dieter Bohlen plötzlich mit einer berauschenden Zwölfton-Symphonie überraschen. Aber Miriam gibt sich Mühe. Sie arbeitet wirklich hart daran, ein menschliches Wesen zu werden. Und zumindest die Tatsache, daß sie Andrea nie von meiner kurzen Affäre mit Bea erzählt hat (von der ihr Bea, da bin ich mir sicher, bestimmt erzählt hat), beweist, daß es ihr mittlerweile gelingt, sich die eine oder andere Boshaftigkeit zu verkneifen.
Auch in Sachen Paul hat sie Wort gehalten. Was man unter anderem daran merkt, daß mein Sohn just in diesem Moment in der *Butterblume* weilt, wo es ihm übrigens ausnehmend gut gefällt. Natürlich war Miriam ohnehin viel zu sehr mit ihrer Schwangerschaft und zukünftigen Lebensplanung beschäftigt, als daß sie die Energie gehabt hätte, ernsthaft Paul mit Beschlag zu belegen – aber das kann mir und Andrea ja nur recht sein.
»Sophie, Sophie, didididididi«, düdelt Andrea auf das Baby ein. Es ist ein passender Name; nicht für das Kind natürlich, denn wenn man frischgeborenen Babys wirklich passende Namen gäbe, würde man sie *Blob* nennen, *Gnubbel* oder *Pfrunzi*. Nein, es ist ein passender Name für Miriam. Es ist ein Name, der ihrem Plan Ausdruck verleiht, ein Kind großzuziehen, daß Klavierstunden nimmt, die Rudolf-Steiner-Schule besucht, jedem Kontakt mit Klempnern aus dem Weg geht und sich

schon so früh wie möglich für etwas Besseres halten soll.
Ich nicke Andrea zu, die daraufhin Miriam vorsichtig das Kind zurückgibt. »Wir müssen jetzt los«, sagt sie.
»Ruf an, wenn du wieder zu Hause bist«, fordere ich Miriam auf und gebe ihr einen Kuß auf die Stirn. Dann nicke ich Bea lächelnd zu, und sie grinst zurück. Andrea gibt Miriam einen Kuß, dann auch Bea noch einen, und schließlich verlassen wir das Krankenzimmer.

Andrea und ich gehen Arm in Arm über das Krankenhausgelände zum Parkplatz.
»Ach, weißt du«, seufze ich, »ich hätte weiß Gott auch nichts dagegen, noch so ein kleines Würmchen zu bekommen.«
Andrea bleibt stehen, dreht sich zu mir um und strahlt über das ganze Gesicht. »Ich habe so gehofft, daß du das sagst«, lacht sie, greift in ihre Jackentasche und holt ein kleines, schwarzweißes Ultraschall-Polaroid heraus. Es zeigt viel Schwarz und Grau und genau in der Mitte einen kleinen, weißen Fleck.
Was …?
Andrea küßt mich stürmisch. Dann schlingt sie mir beide Arme um den Hals, drückt sich ganz fest an mich und flüstert mir ins Ohr: »Herzlichen Glückwunsch, Papa!«

Danksagung

Der größte Dank gebührt meinem Lektor Timothy Sonderhüsken, weil er eines Tages den Satz zu mir sagte, den so ziemlich jeder Journalist gerne hören möchte: »Ich finde, Sie sollten mal einen Roman schreiben« – und weil er mich von diesem Moment an mit Rat, Tat und allerlei obskuren E-Mails eindeckte.

Natürlich bedanke ich mich auch bei meinem Sohn Julian, ohne den ich gar nicht wüßte, was zweieinhalbjährige Jungen den lieben, langen Tag so treiben, und ohne den dieses Buch wohl nie geschrieben worden wäre. Ich danke außerdem der Frau, die nicht erwähnt werden mag, aus allen ihr bekannten Gründen, sowie Torsten Könekamp für ein erstaunlich schmeichelhaftes Foto.

Und ich klopfe natürlich auch Ihnen, liebe Leserin beziehungsweise lieber Leser, herzlich auf die Schulter, weil Sie sich das Erstlingswerk eines völlig unbekannten Autors gekauft haben. Das war sehr nett von Ihnen, ehrlich. Vielen Dank!